L'ÂGE HEUREUX

SUIVI DE SIMONSEN

Sigrid Undset

TRADUIT DU NORVÉGIEN PAR V. VINDE, G. SAUTREAU ET J. JOUQUEY

cambourakis

DE LA MÊME AUTRICE

Jenny, Cambourakis, 2022

Titre original :
Den lykkelige alder

L'ÂGE HEUREUX

1

Mme Iversen longeait la grille du jardin, ses jupes relevées car l'herbe était encore mouillée.

« Venez, mes enfants, d'ici vous verrez notre petit domaine. N'est-ce pas ravissant ? À vrai dire, tout est en ruine, le jardin s'est transformé en forêt vierge, mais regardez la véranda. »

Birgit prit le bras de sa mère et contempla avec elle la maison. Uni resta plus haut, sur la route.

La vieille demeure en bois était là, paisible, cachée dans le grand jardin ; au-dessus de la porte, on voyait le mot « Solitude » inscrit en lettres à demi effacées. Quatre rues récemment aménagées encadraient maintenant les lieux, mais bordées d'aucun autre bâtiment. Les chemins gris traçaient de longs filets sur les terrains herbeux. Au milieu de la prairie se dressait une villa neuve avec des balcons en fer forgé, des tours couvertes de zinc ; de la paille éparpillée brillait comme de l'or sous le soleil. La ville avançait de tous côtés, avec ses rangées de maisons ornées de balustrades et de flèches prétentieuses.

Uni ressentit une vive émotion devant ce spectacle. Était-ce dû à ces nuages violets qui voguaient sur les toits en direction des collines de Bærum ? Comme tout cela était différent du petit village où elle avait vécu pendant plus d'un an !

La même émotion l'avait étreinte le matin de son arrivée à Kristiania… Le bateau à vapeur, arrivant en rade, avait ralenti dans l'eau grasse gris-vert ; Uni avait reconnu les collines formant hémicycle – la ville en bas dans un léger brouillard de poussière dansant dans le soleil – les villas sur les hauteurs de Bækkelag, Bygdø, Oscarshal, la vieille et grise Akershus. Elle avait perçu, montant dans l'air calme et chaud de l'été, le bruit métallique des marteaux-piqueurs, le roulement sonore des voitures sur le pont pavé. Sa gorge s'était serrée. Des larmes lui étaient venues aux yeux tant cette ambiance de chaleur, de poussière, et d'odeurs fortes l'avait enchantée.

« Ce vieux frêne… Viens donc par ici, Uni, je sais que tu as entendu ta mère en parler. Ce vieux frêne fut planté par votre grand-père, mes enfants, lorsque j'étais toute petite : nous l'appelions le frêne des noces d'or. Ce n'était pas exact, mais père et mère disaient toujours : "À nos noces d'or, nous dînerons sous le frêne." »

Mme Iversen se remit à marcher, mais s'arrêta de nouveau pour examiner le jardin : « Tout a tellement changé. À l'époque, croyez-moi, c'était magnifique. Des prairies bordaient la route et, de notre chambre, on avait vue sur toute la plaine de l'ouest. Que de souvenirs ! Ta mère et moi étions alors fiancées, Uni. Sais-tu que les noces de tes parents ont eu lieu ici… ? Mais il va falloir partir, tante Bendikte n'aime pas attendre pour dîner. »

Bras dessus, bras dessous avec les grandes jeunes filles, la petite Mme Iversen fit demi-tour en direction de la ville.

« Et puis, reprit-elle, quand ton père, Bildit*, venait nous rendre visite, nous faisions de longues promenades dans les environs. Ton papa était si beau et si séduisant. Mon Dieu, qu'il était beau !… »

Elle serra brusquement les bras des jeunes filles. « Ah, ajouta-t-elle, c'est un âge heureux que le vôtre, mes enfants, vous avez toute une merveilleuse vie devant vous ! »

La tante demeurait derrière la colline Saint-Jean, dans une autre rue nouvelle, celle-ci bordée de maisons, mais d'un seul côté.

« Tante Bendikte est aussi bien qu'à la campagne. Quelle vue splendide ! » Mme Iversen dut s'arrêter à la porte et respirer longuement avant de monter l'escalier.

Un faubourg de Kristiania… Rues nouvelles sur collines vertes, quartiers neufs surgis sur les prairies entourant de vieilles demeures aristocratiques. Un mince rayon de ville longe le fleuve jusqu'aux carrières des collines de Grefse, dont la forêt de sapins tranche sur la clarté du ciel, et se poursuit vers la ligne tremblante des collines d'Ekeberg, voilée de la brume qui monte de la ville. Derrière les tristes et gris quartiers ouvriers de Grünerløkken, l'immense plaine de l'est,

** Bildit, diminutif de Birgit.*

avec ses maisons rouges et ses jardins touffus, baignés par le soleil du crépuscule.

« Vous voilà enfin ! s'écria tante Bendikte. Je me demande si nous allons dîner dans la véranda. Il n'y aura que nous quatre… Tomas est sorti ce soir. Uni, veux-tu être assez gentille pour m'aider ? »

Tante Bendikte arrangeait quantité de petits plats froids autour de la théière et de la cloche à fromage.

« Assieds-toi ici, Hilda. Tu vois, il n'y a pas beaucoup de place… Birgit et Uni, vous qui êtes si minces, prenez le banc et asseyez-vous sur le seuil de la porte. »

De fait, l'espace était restreint, et la tante, Mme Iversen et la table occupaient toute la véranda.

Le dîner chez tante Bendikte était toujours une affaire compliquée. Uni, assise sur le banc, se sentit s'assoupir dans un rêve agréable. Les bruits de la ville lui parvenaient comme un air lointain, mêlé aux paisibles conversations et aux rires des voisins. Quelque part s'élevèrent les notes d'un piano, mêlées au murmure du fleuve dont les modulations dépendaient de la force du vent, et au bruit du tramway qui montait le Grünerløkken dans l'obscurité tombante. L'éclat du ciel pâlissait sans s'assombrir ; les fleurs dans les pots, sur les balcons, se dessinaient comme des silhouettes d'abord incolores, puis de plus en plus foncées. Tout à coup, une étoile étincela.

Uni entendait la voix rauque et triste de la tante narrer pour la dixième fois la mort de son fils, officier de marine.

« Alors, vous comprenez, je lui ai raconté comment était mort son père, dans la foi inébranlable en

Jésus-Christ, et il m'a répondu : "Oui, mais c'était père, moi je suis un pécheur, mère, j'ai gâché ma vie, non seulement j'ai péché mais j'ai renié Notre Seigneur, j'ai blasphémé. Non, non, je ne peux plus croire..." Ah ! son âme était en grande peine ! Mais alors je lui ai dit : "Même si tes péchés sont plus rouges que le sang, le Seigneur les lavera et les fera plus blancs que neige. Dieu m'a enseigné toutes les saintes prophéties, cela est sûr." À la fin, il s'est incliné et a pleuré, tellement pleuré... Dieu soit loué. Puis nous avons prié ensemble, voilà... »

Une lune rousse se leva sur les collines d'Ekeberg, pâlit et se fit dorée au-dessus de la brume poussiéreuse de Kristiania.

« Tante, dit doucement Uni, Birgit et moi allons faire une petite promenade avant de nous coucher.

– Si tard, mais tu es folle ! Nous allons rentrer, la fraîcheur commence à tomber.

– Oh ! une toute petite promenade, j'ai tellement besoin de mouvement.

– Ma chère petite, il me semble qu'aujourd'hui tu es suffisamment sortie. »

Uni, frappant rageusement du pied, insista.

« Non, te dis-je. Rentrons, je vais allumer la lampe, et tu seras assez gentille pour nous jouer quelque chose. »

Tante Bendikte rentra dans la maison à pas hésitants, alluma la suspension, puis réarrangea les coussins épars sur les chaises recouvertes de reps rouge.

« Nous sommes allées hier au concert de la colline Saint-Jean. Savez-vous ce que nous ferons demain après-midi ? Nous irons sur l'île de Ladegaard et prendrons le café à la prairie de Heng. Qu'en dis-tu, Hilda ?

– Ah ! ce serait charmant… Uni et Birgit, ne pourraient-elles pas…

– Nous emporterons quelques provisions, car nous resterons peut-être jusqu'au soir.

– Précisément, comme autrefois, lors de nos excursions à la campagne… Tante, tu te rappelles cette corbeille pour maman ? »

Birgit ferma les portes donnant sur la véranda, puis alluma les bougies du piano.

Les vieilles dames s'affalèrent sur le sofa : « Eh bien, dit l'une des deux à Uni, notre jeune artiste se ferait-elle prier ?

– Je ne sais rien.

– Ah ça, par exemple ! Ta pauvre mère a dépensé tout son argent pour te faire apprendre le piano au lieu de quelque chose d'utile et tu ne sais rien jouer ?

– Je ne sais rien par cœur.

– Mais si, dit Birgit, tu connais plein de morceaux. Le nocturne de Chopin, tu te rappelles ? »

Les lèvres d'Uni frémirent légèrement. « Chopin ? Mais tu n'y connais rien ! »

Là-dessus, elle se précipita au piano et les exclamations des tantes furent couvertes par le rythme endiablé de *La Valse des myosotis*.

Le lendemain, Uni se rendit au marché acheter une couronne de fleurs destinée à la tombe de ses parents.

Dans la rue Karl-Johan ensoleillée et déserte, l'odeur des tilleuls en fleur, quelques vieux sur les bancs, des enfants pauvres jouant autour de la statue de Wergeland*, tout cela lui rappelait les vacances et ses courts passages dans la capitale. Aujourd'hui il n'était plus question de vacances.

Folie de s'être réjouie de ce voyage ! Folie, pour elle, de se réjouir de quoi que ce soit !... Elle ne connaît personne à Kristiania. Cela vaut peut-être mieux, maintenant qu'elle est obligée de traîner toute la famille dans les musées : Birgit tombe en extase devant la moindre chose, à chaque instant tante Bendikte entend montrer ses connaissances artistiques aux parents de province et tante Hilda, bien qu'à moitié morte de fatigue, ne veut pas capituler et avance en chancelant.

« Uni Hirsch ! Mon Dieu, toi ici !

– Dagmar Schjøttlevig !

– Que je suis contente ! »

Dagmar prit le bras d'Uni.

« J'ai appris que tu avais perdu ta mère », dit Uni avec compassion. Dagmar soupira et se tut un instant. Puis elle montra à Uni le cercle d'or ornant son annulaire.

« Mes félicitations. Tu es fiancée ?

– Pas du tout, ou plutôt je l'ai été un temps. Je suis mariée maintenant. Oui, je te présente Dagmar Keyser, épouse du capitaine Christoffer Keyser. Tu le connais bien. Lui certainement : il te trouve si belle !

* *Wergeland (H. A.), 1808-1845. Grand poète norvégien.*

Oh ! tu sais, je ne suis pas jalouse. J'espère que tu vas venir nous voir à Helvik où nous sommes actuellement. Tu ne peux pas ? Tu n'es pas libre ? Ah non, Uni… Uni Isch ! »

Uni sourit. Uni Isch, c'est le nom qu'on lui donnait au collège.

« Oui, poursuivit Dagmar, je suis mariée depuis deux mois. Mais il faut absolument que tu viennes chez nous. Ce n'est pas mal tu sais, et Christoffer est vraiment très gentil. »

Tout en marchant, Uni regardait son amie. Qu'elle était chic ! Tailleur d'une coupe parfaite, souliers vernis à la française, chapeau seyant. Uni se sentait une véritable Cendrillon. Dagmar n'avait que dix-neuf ans – un an de plus qu'Uni – et elle était déjà une dame. Avec quelle aisance elle saluait les quelques connaissances rencontrées en chemin.

« Écoute, montons chez moi. Je demeure tout près d'ici. Tu verras comme nous sommes bien installés. »

Dagmar précéda Uni dans l'appartement et ouvrit tous les rideaux. Elle ne fit pas grâce d'une armoire à son amie.

« L'argenterie, et il y en a, est déposée dans une banque, vois-tu. Voici le lit de Christoffer, voilà le mien. Tu coucheras là quand tu viendras nous voir. Mais oui, il faut que tu viennes cet automne. Christoffer couchera dans le fumoir quelques nuits ; cela ne lui fera pas de mal. » Dagmar sourit et un feu d'artifice illumina ses grands yeux bruns.

Elles grignotèrent quelques biscuits en buvant du porto.

« Ainsi donc, c'est bien toi que j'ai aperçue hier dans la rue de l'Université, dit Dagmar. Tu étais avec ta famille, non ? Pauvre Uni !... Oh, pardon. »

Uni sourit à son tour, soupira un peu et souffla pour éloigner la fumée de la cigarette.

« Tu es gouvernante ou quelque chose de ce genre ?

– Oui, à peu près.

– Oh là là ! Ce doit être assommant. Et beaucoup de gosses sans doute ?

– Dix.

– Ah, mon Dieu ! Quelle horreur ! On ne devrait pas permettre ces choses-là. Moi, tu sais, j'ai dit à Christoffer : trois et c'est tout. Les autres, tu peux les avoir toi-même ! Et combien es-tu payée pour surveiller toute cette marmaille ?

– Dix couronnes... Même pas le prix d'une paire de vernis.

– Dix couronnes... Comment toi, Uni, avec ton talent, peux-tu accepter ça ?

– Oncle et tante croient accomplir une bonne action. Je suis d'ailleurs persuadée que jamais tante Hilda n'a eu dix couronnes par mois. Travaux de jour... et de nuit compris.

Uni ferma à demi les yeux, satisfaite d'un cynisme qui allégeait un peu son insupportable amertume.

Dagmar rit : « Voyons, Uni, ce n'est pas sérieux, tu ne peux pas rester dans ce patelin perdu. Avec ton talent, il faut que tu fasses du théâtre. Tu deviendras une star.

– Je le crois, murmura Uni.

– Eh bien ! Tu vois, tu y arriveras, il faut que tu y arrives !

– Oui, mais que veux-tu, je n'ai pas d'argent et il faut vivre !

– Évidemment, il faut que tu travailles en même temps. Donne des leçons de musique. Écoute, un vrai talent arrive toujours à percer, quelles que soient les difficultés. Et puis il n'y a pas que ta voix, tu joues merveilleusement bien et tu es si belle. Quel avenir, ma chérie ! »

Dagmar continuait à verser du porto et à parler…

« On serait bien ensemble. Tu viendrais souvent ici, puis tu te marierais avec un ami de Christoffer, tu aurais une belle maison, tu recevrais toute la belle société. Non, Uni, conclut-elle en croisant les jambes, la vie n'est pas si mauvaise qu'on le dit. »

Uni descendit de chez son amie, les joues en feu, la tête lourde. Non, elle n'aurait pas dû boire de porto dans la matinée, et les propos de Dagmar l'avaient inconsidérément exaltée. Le marché était certainement fermé maintenant.

« Mademoiselle Hirsch ! Vous ne reconnaissez donc pas vos anciens amis ?

– Thorne, est-ce vraiment vous !

– Mon Dieu, jusqu'à un certain point, oui. » Un sourire illumina le visage enfantin de Sixten Thorne.

« J'étais assis à cette terrasse lorsque je vous ai vue passer. Vous m'avez regardé sans me voir. Mais c'est définitivement Uni Hirsch, me suis-je dit, et j'ai couru après vous comme un fou ! »

Uni était secrètement ravie de se promener au côté de Sixten en tenue de yachtman.

« J'ai vraiment de la chance, reprit le jeune homme. Vous n'êtes que de passage et j'ai le bonheur de vous rencontrer. Moi, j'ai récemment un peu navigué avec Schjødt et Magelssen. Cet été, je ferai une croisière dans la Baltique. Maman et Ebba ne bougent pas de Rossaryd. Mon oncle, le baron Stjernskjold, est venu au printemps et j'ai eu avec lui une légère discussion… si l'on peut dire. Aussi, ne suis-je pas pressé de retourner là-bas… Ah ! Vous allez au cimetière, voulez-vous me permettre de vous accompagner ? Vous ne me trouvez pas trop entreprenant, j'espère ? Vous avez l'air si indifférente. Avez-vous oublié que nous nous sommes tutoyés dans le temps ? »

Uni le regarda en face avec un grand sourire : « Avant ma première communion, je suppose ?

– Mais non, il n'y a pas si longtemps. Vous rappelez-vous le soir où nous avons canoté avec Hans, Peter Lunde et Gerda Larson ? Ah ! Uni, je me souviens de vos cheveux blonds sous les derniers rayons du soleil…

– Oui, nous nous sommes peut-être tutoyés. Mais je ne me le rappelle pas et *vous* non plus, Thorne. »

Uni refusa d'entrer au café du Théâtre pour prendre un malaga. Elle était en retard et avait déjà bu du porto.

« Mais, ma chère Uni, nous choisirons autre chose. Par cette chaleur, une glace ne saurait vous déplaire. »

Quelques instants plus tard, ils étaient installés dans un coin du café du Théâtre. Uni, les coudes sur la table, flirtait avec Sixten, un sourire aux lèvres.

Non, elle sortait avec la famille cet après-midi et le lendemain elle partait. Impossible vraiment de fixer un rendez-vous…

Déjà trois heures et quart ! Plus d'une heure de retard. Elle avait pratiquement promis à Sixten de venir au rendez-vous qu'il lui avait suggéré. Mais, pour l'heure, elle n'avait plus le temps de se rendre au cimetière. Elle pourrait peut-être envoyer deux couronnes à Dagmar et la prier d'acheter des fleurs.

Ah ! quelles vilaines chaussures elle a, alors que Sixten prête une telle attention à la tenue des femmes…

Elle arriva à la maison bien après quatre heures.

Birgit vint ouvrir la porte. « Nous avons déjeuné depuis belle lurette. Tante est très fâchée.

– Tu es vraiment sans égard, renchérit tante Bendikte. Nous devions justement faire un tour pour t'être agréable et tu oses arriver avec des heures de retard. Je ne peux pas admettre cela, moi !

– Je suis restée assez longtemps au cimetière, répondit Uni sèchement, et j'ai rencontré une amie, Mme Keyser… »

Uni et Birgit montèrent s'habiller. « Oh, Uni, tu en as de belles chaussures… » Birgit caressait les souliers de chevreau gris. « Mais est-ce que cela va avec une robe noire ?

– Oui, bien entendu, c'est très chic, surtout si on a de charmants petits pieds. Je ne les ai pas payés cher : dix-sept couronnes.

– Mais c'est une folie ! »

Pour Birgit, Uni était riche avec ses dix couronnes par mois.

Les tantes étaient du même avis. Uni dépensait trop, tout comme Nora, sa mère, d'ailleurs.

Uni se regarda dans la glace avec satisfaction. Sa robe noire l'habillait élégamment. Elle se caressa les hanches. Puis elle examina ses dents bien plantées, sa bouche un peu grande, aux lèvres pâles. Le visage était fin, la peau blanche, le nez un peu aquilin, les cheveux blonds bouclés et le front haut.

Elle n'aurait pas dû acheter ces souliers… les gages de deux mois. À présent, il lui faudrait renoncer à fleurir la tombe de ses parents. Quelle tristesse ! Même ce modeste hommage ne serait pas rendu à la mémoire de sa mère. Sa mère qui avait été toujours si bonne avec elle alors qu'enfant elle ne se montrait pas toujours très sage à la maison, parfois même méchante. Elle y songeait souvent depuis qu'elle était chez les Iversen. Et voilà que maintenant elle ne pouvait même pas se priver du superflu pour lui acheter quelques fleurs !

Sa gorge se serra. Un sentiment d'humiliation, de pauvreté et de fatigue l'assaillit soudain, et un souvenir lui revint en mémoire, un souvenir amer et lointain qu'elle n'oublierait jamais. Gerda et elle avaient volé des groseilles. Sa mère les ayant découvertes leur avait défendu de manger les fruits et, au lieu de les jeter, s'en était servie pour faire une soupe. Et personne, ni sa mère, ni aucun autre, n'avait compris que la seule vue de cette soupe l'avait rendue malade. Tout cela n'avait guère de sens, mais montrait l'esprit infiniment sensible d'une enfant, une imagination blessée par la pauvreté, enflammée par les railleries de ses camarades qui se moquaient de ses vêtements usés et de ses mauvaises chaussures ; les plaintes de la mère, les désirs irréalisables pour elle, mille petites choses. Quelle honte ! Quelle honte ! Voler pour dîner ! Étaient-ils pauvres à ce point-là ?

« Oh, que tu es gentille », dit Birgit doucement. Uni regarda fixement sa cousine. Impossible d'échapper à Birgit, il fallait bien l'emmener se baigner... Dans un sentiment subit de pitié où se mêlait un peu de mépris, elle rajusta les vêtements de Birgit, mit un ruban dans ses cheveux jaunâtres, épais et très courts, trouva une cravate blanche et une ceinture pour son costume marin.

« Maintenant, tu es vraiment superbe ! »

Birgit rayonnait de joie. Uni décida de repousser la tristesse, de la refuser. Elle se regarda dans la glace et croisa les mains sur sa nuque.

« Ah, non, non et non, la vie n'est pas aussi mauvaise qu'on le dit ! lança-t-elle.

– Mais, Uni, tu es folle ! » s'écria Birgit, effrayée.

On n'en finira pas de boire ce café, pensa Uni. Elle n'y trouvait aucun plaisir, les gâteaux d'une fraîcheur douteuse n'avaient rien d'appétissant. Mais les autres convives étaient ravis.

Cette petite maison rouge avec ses balcons peints en blanc, et ce mince rayon d'eau bleuâtre aperçu entre les sapins – tante Hilda ne pouvait s'imaginer quelque chose de plus idyllique. Elle tenait absolument à faire une promenade.

Uni prit son bras. Une vague mélancolie, le sentiment d'attente sécrété par ce jour d'été paisible et ensoleillé, la remplit soudain de tendresse pour cette tante au teint bilieux. Mme Iversen, petite et lourde, se déplaçait difficilement depuis qu'elle avait eu une péritonite, à la naissance de son dixième enfant.

Les tantes sortirent leurs broderies.

« Pendant que vous vous reposez, Birgit et moi allons nous baigner, dit Uni.

– Mais non ! (C'était bien entendu tante Bendikte qui parlait.) Reste avec nous. Tu trouves toujours quelque chose à inventer…

– Je t'en prie, j'aimerais tant, il fait si chaud, supplia Birgit.

– Tu peux te baigner tous les jours là-bas, à Storsand. D'ailleurs, il faut attendre trois heures après le repas… »

Uni brûlait d'impatience. Elle avait rendez-vous avec Sixten à six heures et il était près de six heures et demie. Et elle ne voulait pas céder à tante Bendikte qui trouvait toujours de nouveaux arguments.

Tante Hilda décida cette dernière à les laisser partir.

Uni prit pratiquement la fuite.

Ah ! cette Birgit ! Charmée par le sentier de la forêt, elle marchait lentement, s'arrêtant constamment pour cueillir des fraises. « Mon Dieu, lui cria Uni, tu trouves assez de fraises comme ça à Storsand ! » Birgit courut pour la rattraper.

Devant les cabines de bain, Sixten, tout vêtu de blanc, allait et venait. Il parut, ainsi qu'Uni, très étonné de cette rencontre inattendue.

« Ma cousine, Mlle Iversen. » Uni et son élégant compagnon... échangeaient des souvenirs d'enfance et d'amis communs – des gens riches qui semblaient vivre en une fête éternelle. Birgit eut soudain l'impression qu'Uni était vraiment une grande dame, tout à fait à sa place ici dans cette magnifique ville de Kristiania. Quel dommage pour elle que d'être obligée de passer son temps à Storsand avec les enfants, à apprendre leurs leçons aux petits, à jouer avec Margrete et à aider à tout dans la maison. Pauvre Uni, ce devait être terrible pour elle. « À la maison » devint brusquement pour Birgit un terme synonyme de gris et de misérable.

« C'est votre premier séjour à Kristiania, mademoiselle ? »

Birgit rougit. « Je suis déjà venue quand j'étais petite.

– Et comment trouvez-vous la ville ?

– Je crois que Birgit préfère la campagne, intervint Uni. Elle adore Bygdø. J'ai eu de la peine à la faire venir, elle aimait mieux cueillir des fraises... C'est pour cela que je suis arrivée en retard. »

Birgit ouvrit de grands yeux. Uni rit bruyamment.

« Tu ne raconteras rien à la maison, Bildit. Pensez, un rendez-vous !

– Alors, votre cousine aura des fraises. N'est-ce pas, mademoiselle Iversen ?

… « Vous voyez, mademoiselle Birgit, je suis plus gentil que votre cousine, dit Sixten quand ils eurent commandé des fraises. Elle est devenue si méchante à Storsand. Ne la trouvez-vous pas très méchante avec moi ? Évidemment, elle est très courtisée là-bas, elle a de nombreux admirateurs…

– Mais, Sixten, ne racontez donc pas des choses pareilles ; cette petite prépare sa première communion.

– N'est-ce pas, mademoiselle, qu'elle flirte avec beaucoup de jeunes gens et qu'elle est méchante avec eux ?

– Oui, dit Birgit.

– Ah ! mon Dieu, vous devriez venir nous voir, Sixten, vous seriez le doyen de mes admirateurs.

– Oh ! Et le candidat Løkke ! Et Carsten Ødegaard !

– Mais, ma pauvre petite… »

Uni ne savait pas si elle devait se fâcher, elle esquissa un sourire. « Mais celui-là, c'est un flirt à toi… Lui et ma cousine préparent leur première communion ensemble », précisa-t-elle à l'adresse de Sixten.

Birgit vit que Sixten tenait la main d'une Uni tout heureuse qui ne cessait de chantonner et d'accompagner la musique par des mouvements de tête, tout en faisant des remarques terriblement amusantes sur les passants.

Ils ne partirent que très tard. Juste devant les Bains, ils aperçurent les tantes venant à leur rencontre.

« Mon Dieu ! Que faisiez-vous donc ? Nous avons eu si peur, nous vous avons crues noyées… »

Mme Iversen était toute pâle. Elle avait certainement pleuré.

Uni présenta son ami Thorne. Sixten s'excusa. Il avait déjà rencontré ces dames et éprouvé un grand plaisir à revoir Mlle Hirsch.

Sixten marchait entre les deux tantes. Uni, humiliée par les propos vulgaires que tenait tante Bendikte, désirait ardemment qu'il prît congé. De quoi avaient-elles l'air, les tantes !

Sixten les accompagna jusqu'à la prairie de Heng. Sur la table se trouvaient la corbeille d'osier aux rubans brodés, le pot à lait et les tartines.

« Je ne sais pas, dit tante Bendikte, si M. Thorne va nous faire l'honneur de dîner avec nous, en toute simplicité…

– Je suis navré de ne pouvoir accepter cette invitation si cordiale… », et Sixten prit congé avec d'élégantes courbettes et d'aimables sourires.

Uni, à la vue des plats, se sentit presque malade. Pour ne pas se faire remarquer, elle mangea un petit morceau d'un saucisson détestable sentant l'ail.

Birgit, discrète, ne répondit guère aux questions pressantes des tantes. Aussitôt après dîner, elle regagna en courant sa chambre et, dans l'obscurité, entreprit de refaire le lit d'Uni à qui elle voulait montrer sa compassion.

Uni entra et se déshabilla sans dire un mot. Birgit comprit qu'elle pleurait.

Uni se jeta brusquement sur son lit. Elle sanglotait, furieuse, hors d'elle-même… Elle se redressa à moitié et d'un coup d'œil engloba la misérable chambre avec les cartes postales aux murs, la cuvette sur une chaise, la malheureuse commode… Et elle se remit à sangloter, de plus en plus violemment, désespérée de cette pauvreté, sans aucune joie, aucune…

Birgit la regardait pieusement. Elle murmura avec ferveur : « Dis-moi Uni, tu l'aimes, n'est-ce pas ? » Et Uni, se redressant de nouveau sur les genoux, lui cria : « Idiote ! » avant de s'effondrer en pleurs.

2

Uni se dirigeait lentement vers Homansbyen, faisant halte devant chaque vitrine. Il attendrait, lui aussi… Elle s'arrêta de nouveau, tapa légèrement des pieds ; il faisait très froid. Dans une glace elle aperçut son visage. Était-ce la lumière électrique qui la rendait si blême ?

Quel froid ! Elle mit les mains dans les poches de son tailleur et courut.

L'usine était sombre et déserte. Il n'y avait qu'une lampe allumée au deuxième étage.

Uni monta précipitamment l'escalier et ouvrit la porte du bureau : « *Evening, sir.* »

L'homme travaillant sous la lampe se tourna à moitié : « Bonsoir, Uni, c'est gentil d'être venue. Assieds-toi. J'ai bientôt fini… »

La lampe éclairait un dos large, une nuque brunie par le soleil, des cheveux blonds ondulés, une tête penchée sur la table à dessiner.

Uni s'approcha doucement et souffla dans le cou du jeune homme.

« Attends, voyons, attends… Je suis à toi tout de suite. »

Elle fit le tour de la pièce en regardant les plans et les dessins. Puis elle entra dans le bureau du directeur, alluma toutes les lampes et s'assit dans le fauteuil.

« Je t'en prie, éteins ces lumières et viens ici. »

Uni examinait le chapeau de Kristian. « Tu sais, ton chapeau, il n'est pas très élégant.

– J'en achèterai un autre pour notre mariage. »

Elle enfila le pardessus, se coiffa du chapeau, se mit un porte-plume aux lèvres pour donner l'illusion d'un cigare et, reposant son menton sur la crosse de la canne, elle s'assit à l'autre table, puis grossissant sa voix : « Je crains, monsieur l'ingénieur Hjelde, d'être obligée de me priver de vos services, vous n'êtes pas capable de terminer rapidement quelque chose…

– Eh là ! D'ailleurs, je ne trouve pas mon chapeau si mal que cela, dit-il en s'habillant… Tu ne veux pas embrasser ton fiancé ?

– Tu as attendu jusqu'à maintenant, tu peux bien patienter… »

« Que tu es bête, Kristian, dit-elle doucement en sortant.

– Comment ?

– Quand je te dis qu'il ne faut pas m'embrasser… »

Silence.

Il la prit dans ses bras et l'embrassa longuement. Elle céda, câline, et répondit à son baiser, heureuse de se sentir blottie contre la poitrine de son grand Kristian.

Ils prirent le chemin de l'église.

« Tiens, il n'y a plus d'aurore boréale, s'étonna Kristian. Je l'ai pourtant vue de la fenêtre.

– Eh bien, comprends que l'aurore boréale n'attend pas toute la nuit que tu aies fini tes dessins.

– Tu es encore de mauvaise humeur, ma petite Uni.

– Mais non, je plaisante. »

Il n'y avait plus d'aurore boréale, mais la lune se dissimulait derrière un léger voile de nuages qui resplendissait comme de la nacre.

La terre et les arbres couverts de givre brillaient faiblement ; les collines esquissaient leurs silhouettes dans la demi-obscurité.

Ils restèrent longtemps au bord de la prairie et laissèrent leurs regards errer sur la plaine. Ils pouvaient à peine discerner leurs visages. Uni, dans son tailleur d'étoffe légère et ses souliers percés, était transie. Prise de fatigue et de tristesse, en pensant à ses vêtements misérables, à ses maigres repas, à la certitude de ne pouvoir s'offrir aucun bien-être, elle se serra contre Kristian :

« J'en ai assez de moi-même !

– Qu'est-ce que tu as donc, ma chérie ?

– Eh bien… Nous nous querellons toujours…

– Uni, qui donc commence ?… Tu es trop nerveuse, ma petite, dit-il gaiement pour effacer l'impression de ses premières paroles. Tu travailles trop ; au bureau jusqu'à quatre heures, tes leçons de chant et de diction chez Mme Thomsen, ta vie de privations, tes ennuis pécuniaires… Bref, tu es fatiguée et tu t'irrites pour un rien. »

Uni soupira. « Écoute, Kristian, n'en parlons plus. Viens chez moi, je ferai du thé et nous dînerons ensemble.

– Je devais travailler ce soir… »

La voix d'Uni se fit ironique.

« Tu passes ta vie à dire cela.

– Mais, ma chérie, tu sais bien pour qui je travaille.

– Oh là là ! Tu travailles et te fatigues pour quoi ? Pour l'avenir, pour que nous puissions nous marier un jour… Mais si j'ai besoin de toi maintenant, en ce moment, parce que je suis énervée et si triste que j'en deviens malade, alors tu n'as pas le temps… Laisse donc ton travail ce soir !

– Mais oui, bien sûr, je ne demande pas mieux. »

Ils se dirigèrent de nouveau vers la ville. Un couple les dépassa.

« N'est-ce pas Birgit ? Qui est cet élève officier avec qui elle flirte en ce moment ?

– Oh ! Il est dans la même pension qu'elle. Il vient la chercher tous les soirs à l'école commerciale. Il s'appelle Gurstad…

– Toi aussi, tu devrais prendre une chambre dans une pension. Chez Mlle Paulsen par exemple, ta cousine y est et la trouve vraiment gentille.

– Pour que je rencontre, moi aussi, un élève officier !… »

Il rit. « Je vois que tu n'es pas très contente de moi. Pourtant tu serais plus à ton aise. Et puis je n'aime pas l'existence que tu mènes dans ton petit taudis.

– Moi qui croyais que tu te plaisais beaucoup chez moi, Kristian.

– Tu sais bien pourquoi je te parle ainsi. D'ailleurs, ta tante m'a dit à plusieurs reprises que ce n'était pas convenable. »

Uni ne répondit pas.

« Nous allons prendre le tramway et aller dîner au café du Théâtre, suggéra Kristian.

– Tu dois travailler ce soir. Il vaut peut-être mieux que je m'en aille.

– Écoute, Uni, je peux tout de même te donner des conseils, je suis ton fiancé. C'est mon devoir de sauvegarder ta réputation.

– Et si moi je me moque de ce que l'on dit, tu devrais t'en moquer toi aussi. Je trouve tes remarques à ce sujet fort bizarres.

– Tu ignores comment sont les gens, ma pauvre petite, ils sont malveillants…

– Je le sais, mais je suis au-dessus de tout cela.

– Mais moi, si j'étais au-dessus de tout cela, je ne serais qu'un voyou. »

Ils étaient arrivés au tramway.

« Allons, bonsoir, Kristian, et merci.

– Mais non, Uni, voyons…

– Franchement, crois-tu que c'est un plaisir de t'emmener dîner chez moi, quand je sais que tu ne peux pas te débarrasser de ces idées-là ?

– Nous pourrions dîner dehors !

– Et les racontars ?

– Mais ne sommes-nous pas fiancés !

– Et puis je ne suis pas habillée.

– Mon Dieu, tu vas prendre froid, tomber malade à cause de moi. J'ai peur pour toi, tu sais.

– D'ailleurs, je suis invitée chez Mlle Giæver.

– Uni !

– Laisse-moi donc, Kristian. Bonsoir. »

Le tramway démarra. Elle eut un léger remords en voyant Kristian qui était resté planté sur le trottoir.

Il paraissait si triste.

Elle n'avait pas l'air gai non plus, lorsque, fort tard dans la nuit, elle s'affaira au nettoyage de sa chambre.

Ah ! mon Dieu, quel fouillis laissaient dans leur sillage ces femmes qui se réunissaient pour prendre le thé dans une petite mansarde ! À la lueur d'abat-jour rouges, dans une fumée épaisse comme un brouillard et un concert de voix stridentes – elles avaient parlé de l'amour libre de telle façon qu'il lui avait été impossible à elle de placer un mot.

Devant le sofa restaient les deux couverts préparés pour lui et pour elle. Elle avait choisi tout ce qu'il préférait : du pain de seigle frais, du beurre et du fromage de chèvre.

Pourquoi n'étaient-ils plus aussi bien ensemble qu'aux premiers jours ?

Elle mangea une tartine en desservant la table et se déshabilla... Depuis le déjeuner elle n'avait pris que du thé et du melon.

Il était une heure du matin. Elle pensait déjà avec horreur à la sonnerie du réveil qui la tirerait du lit à sept heures et demie.

« Pourquoi as-tu raconté à papa que tu voulais faire du théâtre ? demanda Kristian.

– Et pourquoi ne lui aurais-je pas dit ? »

Ils se promenaient sur le Strandveien sous les fortifications, regardant le coucher du soleil – un coucher de soleil froid, couleur de laiton rouge de rouille dans un brouillard de gelée blanche.

« D'ailleurs, il l'aurait su tôt ou tard, s'écria Uni.

– Je ne comprends pas ton empressement à le lui apprendre », répondit Kristian après un moment.

Ils se turent et continuèrent à marcher en silence l'un à côté de l'autre. La route était déserte. Quelques ouvriers, plus loin, débarrassaient la chaussée de la neige qu'ils déversaient dans le lac. Partout le silence. Les bruits qui venaient de la ville leur étaient si familiers qu'ils ne les entendaient plus. Rien que le frottement monotone des morceaux de glace se heurtant dans la houle légère.

Uni était en proie à des regrets. À son arrivée dans la capitale, le père de Kristian avait parlé à son fils d'une situation intéressante, là-haut dans le Namdalen. Le vieux Hjelde, inspecteur des flottages, y connaissait tout le monde ; il s'était lui-même occupé des plans de l'élargissement du fleuve et estimait que Kristian avait beaucoup de chances d'obtenir cet emploi.

Uni lui avait fait part de son intention d'entrer au théâtre, mais elle aurait préféré que Kristian l'ignore.

« Je vais te raconter comment ça s'est passé, dit-elle. Ton père me déclarait que nous devions attendre encore longtemps avant de nous marier. Je lui ai répondu que, si je trouvais un engagement, cela nous aiderait.

– Tu sais bien, Uni, que, même si tu avais un engagement, cela ne changerait pas grand-chose. D'abord, tes revenus étant plus élevés, tes dépenses seront plus fortes, ensuite je ne t'épouserais pas si je ne pouvais subvenir à tous tes besoins. Il faut que tu puisses faire tout ce qu'il te plaira !

– Ce qu'il me plaira ? Tu dis toujours que je peux faire ce qu'il me plaît, mais au fond tu veux que je fasse ce qui te plaît, à toi.

– Mais pas du tout, Uni. Tu ne peux pas dire que j'ai essayé de t'empêcher de faire quoi que ce soit. Vois-tu, je ne cherche pas de situation en province, parce que je sais que cela te serait désagréable. »

Uni baissa la tête. Elle écarta d'un coup de pied un morceau de glace.

« Pour un temps, ce serait peut-être utile, dit Kristian. J'aurais certainement plus de chances ici après un stage en province.

– Fais ce que tu veux. Mais je serai dévastée par le chagrin si tu pars…

– Oui, fit Kristian tristement. Mais… »

Pourquoi leur était-il toujours si difficile de parler ensemble ? Ils cherchaient leurs mots, angoissés. Chaque fois qu'ils envisageaient l'avenir et leur situation réciproque, ils tâtonnaient…

« Tu veux dire que nous nous blessons l'un l'autre ? » demanda Uni doucement après un moment de silence.

Kristian acquiesça d'un mouvement de tête.

« Je voudrais que tu me comprennes bien, Uni, que tu sois sûre que je n'ai aucune arrière-pensée quand je t'encourage à suivre ta vocation. Je te jure que c'est vrai. Et si parfois je proteste, je voudrais que tu n'y fasses même pas attention. C'est sans importance, c'est simplement que j'ai des idées démodées, je me suis fait une certaine image du mariage et j'y tiens… Maintenant que tu as vu mon père… Mais je ne veux pas t'imposer une vie qui ne te convient pas. Il n'en est pas question. Si je quitte la ville pour quelque temps, je suis certain que tout s'améliorera. Tu travailleras en paix de ton côté. Tu as raison, nous nous blessons mutuellement… »

Uni essaya de sourire.

« Pour une fois, nous sommes d'accord. Ah ! Kristian, je ne demanderais pas mieux que de vivre ta vie… Si aujourd'hui, je jouais dans un théâtre, et avec succès, eh bien j'abandonnerais volontiers la scène. Mais, comprends-moi, c'est justement parce que je n'ai pas encore tenté cette aventure que je désire si ardemment le faire. Je ne veux pas, je ne peux pas renoncer à présent. J'ai trop désiré réussir. Je veux enfin savoir si je vaux quelque chose. » Elle fouilla dans son manchon, prit un mouchoir et s'essuya les yeux.

« Mon petit chat… »

Uni sourit tristement.

« As-tu remarqué que tu m'appelles rarement ainsi, maintenant ? Tous ces petits noms absurdes que nous nous donnions au début… Te rappelles-tu cette époque où nous étions comme des enfants, toujours heureux ensemble, toujours d'accord… Une fois nos fiançailles devenues officielles, tout a changé. Pourtant, nous nous aimons toujours autant, pas vrai ?

– Oui, j'y pense souvent. Tu avais peut-être raison…

– Oh ! je sentais que nous en arriverions là. Tu aurais dû m'écouter. Pourquoi as-tu montré tant de hâte à les annoncer, ces fiançailles ?

– J'étais sûr d'obtenir l'emploi qu'on m'avait promis. Et puis tu n'as pas de famille, et je me serais senti coupable de ne pas officialiser les choses : je venais te voir très souvent, nous sortions ensemble… Enfin, ce ne sont peut-être que des détails et j'aurais passé outre. Mais il m'était si désagréable d'entendre tout le monde commenter nos relations. Si j'arrivais au bureau de mauvaise humeur : "Ah, tiens, Uni n'a pas été gentille…" "Tiens, tiens, on a eu une dispute avec Uni…" Si tu me téléphonais, ils venaient tous écouter, surtout les femmes – et je ne pouvais pas les supporter, celles-là… Une annonce dans les journaux, quelques faire-part : ils se sont tus et tout le monde a été content. »

Les réverbères s'allumèrent, formant une chaîne de perles bleuâtres dans le crépuscule rouge foncé.

Uni mit sa main dans celle de Kristian.

« Ton père ne doit plus être très loin. Je vais t'accompagner un peu. J'aime bien me promener en ville quand je suis aussi bien habillée… » Elle releva le col de son manteau de fourrure – un cadeau de Noël de Kristian. « … Et puis je monterai voir Charlotte. »

Charlotte venait de rentrer du bureau. Comme sa sœur donnait une leçon dans la salle à manger, elle s'était installée dans la cuisine pour dîner d'une soupe de poisson et de boulettes de viande.

Chez son amie, Uni éprouvait toujours un sentiment de bien-être. La première fois qu'elle y était venue, par un matin d'hiver, elle avait été séduite par cette maison qu'égayaient des fleurs aux fenêtres, de vieux meubles, de belles porcelaines, des bibelots et des portraits de famille dont le soleil éclairait les cadres dorés.

Mme Hedels, la mère de Charlotte, une petite dame déjà âgée, au visage un peu fané et aux cheveux gris, mais à l'allure juvénile, formait, avec ses trois grandes jeunes filles, un charmant quatuor. Ce soir, en pantoufles, la jupe retroussée, elle allait et venait de la cuisine à la salle à manger. « Je n'ai pas pu faire mieux, se lamenta-t-elle. Elles étaient vraiment délicieuses à l'heure du déjeuner, mais je les ai depuis réchauffées tant de fois ! Ellen est partie à quatre heures et toi tu arrives à cinq…

– Mais, mon Dieu, maman, je ne me plains pas, moi.

– C'est terrible de tenir une maison dans des conditions pareilles. Es-tu rentrée directement du bureau ?

– Bien sûr. »

Charlotte versa du café pour Uni et pour elle.

« Ne fume pas trop, Charlotte. Je t'assure que c'est le tabac qui te rend malade et si nerveuse.

– Évidemment. Ce ne peut pas être autre chose ! »

Uni se sentit mal à l'aise. La voix de Mme Hedels se faisait de plus en plus gémissante, celle de sa fille de plus en plus désagréable.

« Crois-tu, s'écria la vieille dame en ouvrant en grand les deux fenêtres, que ce soit amusant d'être obligé de perdre toute cette bonne chaleur, simplement parce que tu n'en fais qu'à ta tête ! »

Charlotte prit le plateau.

« Allons dans ma chambre ! »

Avec ses vieux meubles en bouleau, la chambre était fort plaisante.

Charlotte fouilla dans ses tiroirs et tendit une feuille à Uni. « Tiens, si tu veux lire… »

Pareil à l'œil qui brûle
fatigué de regarder,
essayant de percer la nuit noire,
insensible ;

Fiévreusement craintif,
tendu comme l'oreille
fatiguée d'attendre la voix du destin,
imperceptible ;

Mon cœur vibre
las de guetter
et de chercher sous le ciel vide
qui m'entoure.

Seule,
oubliée dans un monde mort.
Rien que des nuages glissant sur le ciel,
et la mousse couvrant les pierres grisâtres.

« Moi, déclara Uni en rendant le poème, je trouve cela très bien.

– Non, dit Charlotte, avant d'ajouter, très calme, après un silence : Je suis lasse de tout.

– Tu n'as pas continué ce que tu avais commencé l'automne dernier ? »

Charlotte alluma une nouvelle cigarette et secoua la tête.

« C'est bizarre, je n'arrive plus à écrire !

– Pourquoi ne pas te prendre toi-même comme sujet ?

– Je voudrais parler de la ville. De toutes ces ruelles indifférentes où nous habitons, nous, modestes travailleurs. Ces rues sales et humides, aux trottoirs usés, bordées d'immeubles de logements minuscules et de pauvres boutiques : le marchand de couleurs, le magasin de jouets et ses poupées en celluloïd, ses nécessaires à couture, ses panoplies ridicules et ses colliers de perles de verre que les gosses se partagent en imagination. Je pense à ces milliers de pauvres petits regards affamés qui couvent les misérables objets de dix sous exposés dans les vitrines…

Le soir je flâne dans les rues où j'ai habité autrefois, et par lesquelles je passais en allant à l'école ou au bureau. Dernièrement je me suis arrêtée, dans la Underhaugsveien, devant une maison que nous avons longtemps occupée. En face, il y a un réverbère et, derrière la fenêtre sans rideau, j'ai vu un gamin qui essayait de lire ; la lampe n'était pas allumée et j'ai aperçu, à l'intérieur, la roue brillante d'une machine à coudre… Voilà ce dont j'aimerais parler. J'aimerais travailler avec tous ces petits mots usés que les hommes emploient indifféremment, avec lesquels ils se blessent, qu'ils échangent dans une caresse, qu'ils murmurent dans un moment de détresse ou de joie… »

Il y avait comme une absence dans les grands yeux gris-bleu de Charlotte. Les arcs réguliers de ses sourcils – de ceux que l'on voit dans les portraits romantiques des années 1830 – et ses lèvres rouges et charnues donnaient un charme particulier à ce visage de jeune fille encadré d'abondants cheveux blonds. Avec son corps souple et svelte, sa robe, généralement sans col, découvrant une gorge pleine et blanche, Charlotte Hedels paraissait faite pour un bonheur calme et sain.

« Je pourrais écrire ce livre sur toi, sur moi, sur n'importe laquelle d'entre nous, petites employées de bureau. Nous avons un travail *dont* nous vivons, mais nous ne pouvons pas vivre *pour* ce travail. Il n'y a pas d'enjeu, ni gain ni perte, rien qui fasse vibrer nos nerfs, ni au bureau, ni au magasin, ni à l'école. Toi, tu veux faire du théâtre, moi, je veux écrire, et les autres… Je les connais, toutes ces jeunes filles ; elles n'ont pas d'histoire, mais une suite d'histoires : une chambre dans une pension, un camarade dont elles font connaissance, qui leur donne des rendez-vous, qui sort avec elles. Puis cet homme disparaît – il y a eu une discussion, peut-être demeure-t-il maintenant dans un autre quartier et cet éloignement a rompu les relations, peut-être même est-il mort ! Alors on recommence : une nouvelle chambre, un nouveau flirt pour lequel on s'habille, auquel on rêve… Et nous désirons toutes la même chose, peu importe la manière dont nous l'aurons.

Vivre ne serait-ce qu'un seul instant, mais vivre de tout notre être une vie intérieure, une vie où nos yeux ne regarderaient plus dans le brouillard qui nous entoure, mais au-dedans de nous-mêmes, dans notre cœur plein de désirs. »

Dans la chambre envahie par l'obscurité, Uni était allongée sur le sofa.

« Tu as peut-être raison… Mais écoute, Charlotte, moi qui n'ai jamais vraiment aimé que Kristian, j'ai honteusement flirté avec d'autres de la même manière que ces filles dont tu parles. Était-ce de l'amour, ça ?

– Non.

– Et maintenant que je me sens aimée, je suis moins heureuse qu'autrefois car, alors, je n'avais pas le temps de m'ennuyer : la tournure éventuelle de l'aventure me fascinait, retenait toute mon attention. Dès que j'ai connu Kristian, j'ai aussitôt compris que les sentiments que j'avais éprouvés pour les autres n'étaient rien à côté de ceux que je ressentais pour lui. J'ai été heureuse à en devenir folle, en ayant presque peur de ce trop grand bonheur, qui a duré tant que nos fiançailles sont restées secrètes. Dès qu'elles sont devenues officielles, tout a changé. Les tantes m'ont apporté des cadeaux, m'ont parlé de mes devoirs et de notre avenir… Tout le monde m'a félicitée comme s'il s'agissait pour moi d'une réussite extraordinaire… Je ne suis pourtant pas une femme de mœurs légères… D'ailleurs, les allusions de tous ces gens montraient bien qu'ils savaient que nous nous aimions depuis longtemps avant nos fiançailles…

– Mais toi, tu n'en étais peut-être pas tout à fait sûre... »

Mars. Le début du printemps à Kristiania.

Vers le milieu de la journée des gouttes se mettent à tomber, c'est le dégel ; les façades des maisons sont noircies par l'eau sale qui s'écoule des toits, les passants sautillent pour éviter les morceaux de glace qui traversent l'air et s'abattent dans la rue avec un bruit sourd. Toute la tristesse du printemps surgit dans cette lumière jaunâtre d'un soleil pâle qui donne un aspect élimé et désuet aux vêtements d'hiver et aux branches décharnées des arbres. Dans chaque âme naît un désir éternel, même si les femmes souvent le traduisent par l'envie irrépressible d'avoir de nouvelles robes. Les premiers bruits du printemps sont là : le craquement des morceaux de glace sur les trottoirs, la chanson du vent dans les branches. Le pépiement des moineaux se fait aigu et, dans la forêt, l'oreille s'agace du crissement des skis sur la neige glacée, un son strident inhabituel. La première tache de terre aperçue au bas d'un mur représente une joyeuse nouvelle.

Le soir, l'air devient froid et la glace s'écrase sous les pieds avec un bruit de verre cassé. Le long des collines, au sud-ouest, les reflets du soleil couchant s'attardent longtemps dans ces nuits de mars d'une interminable clarté.

Uni se rendit chez Kristian avec les anémones qu'elle avait achetées, les premières de la saison...

Assis près de la fenêtre, il écrivait à son frère. « Veux-tu mettre quelques mots pour Lars ? »

Elle s'approcha et lui caressa les cheveux. Tous deux, ils contemplèrent la colline où des enfants jouaient et que le crépuscule enveloppait ce soir d'un voile bleu sombre… La maison était située sur une hauteur et l'on apercevait en bas une rangée de toits sombres, tandis que la colline d'Ekeberg formait à l'est une ligne tremblante.

« As-tu vu le directeur du théâtre aujourd'hui ? Que t'a-t-il dit ?

– Que j'étais gentille, que j'avais du talent, etc. Ils sont tous pareils… »

Kristian la prit dans ses bras. « Ne perds pas courage, petite fille. Tu y arriveras bien, toi aussi. Les débuts sont toujours difficiles.

– Oui, mais certains réussissent tout de suite. Je le sais… Mme Thomsen ne lui plaît pas… Comme s'il y avait un meilleur professeur ! Quand on voit tant d'artistes pleins d'affectation, sans aucun talent… »

Kristian approuva.

« … Je suis trop fatiguée pour aller chez tante Bendikte ce soir. »

Il lui caressa les cheveux.

« J'avais pourtant téléphoné à Tomas que nous irions aujourd'hui. Que préfères-tu que nous fassions ? »

Uni l'embrassa sans répondre. Blessée, nerveuse, elle frémissait encore de l'humiliation ressentie devant le directeur du théâtre, tandis que, aimable et poli, il ne cessait de lui parler de tout autre chose que d'elle et de ses projets. Pourtant, quelle naïveté que de se sentir humiliée pour si peu ! Et quelle vanité bizarre que d'envier et de mépriser à la fois les gens suprêmement élégants qui habitaient dans les belles maisons du Drammensveien… Parce qu'ils n'avaient pas les mêmes idées qu'elle, qu'ils ne bâtissaient pas de châteaux en Espagne, elle méprisait aussi ses camarades de bureau, un bureau où, au fond d'elle-même, elle se sentait vexée d'être obligée de travailler.

L'autre jour, Sixten Thorne était venu dans ce bureau parler à son chef. Elle avait rougi, feint d'abord de ne pas le voir, puis avait répondu avec embarras lorsqu'il lui avait parlé.

Elle aurait dû pourtant être fière de subvenir à ses besoins depuis son enfance, ou presque. Et ne faut-il pas être aussi folle qu'elle, qui a la chance et le bonheur d'être fiancée à Kristian, pour désirer des futilités : robes de soie, appartement sur le Drammensveien, vie mondaine ! Un jour, pourtant – elle n'en a jamais douté –, tous ses vœux seront comblés…

« Je voudrais partir pour l'Amérique, déclara Kristian brusquement.

– Qu'est-ce que tu dis ?

– Ici, je n'ai aucun avenir. Tiens, prenons ton cas. Tu as du talent, beaucoup de talent. L'utilise-t-on ? Non, le talent, on n'en a pas besoin dans ce pays… Et moi, dois-je rester éternellement employé subalterne et m'éreinter à faire des dessins ridicules, sans espoir de t'offrir un jour une vie agréable ? Tu n'es pas faite pour vivre pauvre, ni moi d'ailleurs. Mais ici, impossible de trouver rien d'intéressant. Pourtant je me sens capable d'occuper n'importe quel poste ! En Amérique, c'est tout différent. Regarde ce qu'a réussi Lars. Je pourrais t'offrir des robes de soie, des fourrures. Je te vois jouer et chanter au piano, libre de toute contrainte.

– Mais as-tu oublié ce que Lars a enduré ? Pendant plus d'une année, il a crevé de faim à Chicago…

– Je sais, mais c'est cela qui me tente : coucher sous les ponts, affamé, rêver de toi, m'éveiller et faire le tour de la ville pour chercher du travail comme une bête sauvage va à la chasse dans la forêt vierge. Si je coule, c'est que je ne suis bon à rien, et ce sera mieux ainsi pour nous deux ! Mais si un jour j'arrive à être quelqu'un, oh ! alors je t'écrirai : "Viens ici et sois ma princesse." » Il éclata de rire.

« Mon Dieu, chéri, je ne suis pas inutile à ce point, tu verras bien…

– Mais ce n'est pas ce que je veux dire », s'écria-t-il et, la prenant dans ses bras, il l'embrassa. « Tu comprends, reprit-il, si j'étais sûr d'être riche un jour, j'attendrais bien. Mais je ne peux pas te voir ainsi, sachant qu'un merveilleux moment de notre jeunesse est en train de se perdre inutilement. Ah, ne pas pouvoir te dire que bientôt je te montrerai, dans une splendeur inouïe, à quel point je t'aime… La réalité vaut cent fois tous les décors de théâtre et toutes les lettres d'amour… Crois-tu que je ne me rende pas compte que ce qui nous entoure ne peut te suffire, te réconforter, te réchauffer ? Rester toujours pauvres, sans amis, passer sa vie à guetter un petit point lumineux dans le lointain, l'avenir… » Il s'interrompit soudain, quitta Uni brusquement et alla s'asseoir sur le divan.

« Kristian… »

Elle vint derrière lui et, l'entourant de ses bras, le força à appuyer sa tête contre ses seins.

« Je t'aime beaucoup, chéri, bien plus que tu ne le crois. Ne fais pas attention à ce que je dis… Tu sais, mes réactions sont souvent très superficielles… » Elle lui parlait à voix basse, au bord des larmes, tout en l'embrassant fiévreusement. « Réjouissons-nous tout de même d'être jeunes et pauvres, et seuls. Il n'y a que toi et moi. Nous ne dépendons que de nous-mêmes. Jeunes, seuls et indépendants, Kristian ! »

Tout en gardant ses bras autour de son cou, elle fit le tour du sofa et s'assit sur ses genoux.

« Mon amie, ma chérie… » Il la serra violemment contre lui avant de se lever et de l'embrasser avec douceur. « Tout cela ne change pas ma situation, Uni. J'ai souvent pensé : il n'y a qu'elle et moi. Je réponds d'elle, elle m'aime… Non, ne bouge pas, laisse-moi tenir ta main… Quelquefois, souvent même, je crois que tout irait mieux si nous goûtions un peu de bonheur en secret – *Und das Leben ist so kurz und man ist so lange tot**, ai-je lu dans une brasserie à Berlin.

Mais cela ne sert à rien de raisonner et de prétendre être son maître. Tout au fond de nous, existe un instinct, rebelle à tout bon sens, aux meilleures raisons… Du moins chez les garçons de la bourgeoisie… Pour nous, certains préjugés innés sont devenus un dogme

* *La vie est si courte et la mort si longue.*

absolu. Et les mariages forcés par certaines circonstances, ce ne sont pas les difficultés pécuniaires qui les rendent malheureux. Un jeune bourgeois a toujours honte d'avoir pris sa fiancée comme maîtresse. J'ai pitié de ceux qui doivent vivre dans ces conditions-là. Rares sont les hommes qui peuvent aimer une femme avec laquelle ils ont péché… »

3

« Si je pouvais vivre dans la forêt, je serais heureuse », murmura Charlotte.

Couchée sur le dos dans la neige, elle expédiait des anneaux de fumée dans l'air bleuâtre.

« Tu en aurais bientôt assez, répliqua Uni. Toi non plus, tu ne te contenterais pas des beautés de la nature.

– Possible… » Charlotte se redressa, jeta sa cigarette et en alluma une autre à une braise du bûcher. Elle ajouta des branches au feu et resta assise les mains sur les genoux, les yeux fixés sur les petites flammes bleues et la fumée épaisse.

Kristian et Tomas surgirent avec de nouvelles brassées de bois et repartirent en chercher.

Ils avaient fait halte sur la colline de Kobberhaugene, un peu à l'écart de la piste, et se préparaient à déjeuner. Le soleil inondait les hauteurs, tandis qu'un brouillard épais se répandait sur le fjord et se traînait dans la vallée de Sørkedalen, remplissant le moindre vallon entre les collines de l'ouest dont les contours se dessinaient les uns derrière les autres, à l'infini.

« On dirait vraiment une estampe japonaise, non ? s'écria Charlotte. Voilà justement l'attrait de la forêt, elle change d'aspect plusieurs fois par saison. Toutes ces collines, là-bas, ne forment par temps clair qu'une masse noire de sapins. Ce n'est pas tant les beautés de la nature, comme tu dis, qui me plaisent ; mais, vue d'ici, la vie urbaine paraît minable. Dès qu'on s'éloigne un peu des sentiers, les traces des hommes s'effacent. La ville, les maisons, les rues aux rails d'acier ne sont plus qu'une misérable petite tache dans la vallée.

... La forêt devait avoir une allure plus grandiose autrefois ; les bêtes sauvages en étaient les seuls habitants ; les arbres gigantesques, parfois renversés par un orage violent, y pourrissaient tranquillement. L'insensibilité éternelle... La croissance et la mort... On devrait être bouddhiste, vois-tu... » Elle s'interrompit, se pencha sur le feu et appela : « Ohé ! là-bas ! Le café est prêt ! »

Transie, Uni refusa de goûter aux oranges glacées. C'est vrai, elle ne devait pas savoir apprécier la nature. Charlotte et elle avaient fait de nombreuses excursions dans le Nordmarka. Au cours de ces balades, Charlotte se transformait complètement. Toujours de bonne humeur, elle n'était jamais fatiguée. Si, parfois, elle chutait avec ses skis, elle se relevait aussitôt pour reprendre gaiement la descente à vive allure. Uni, au contraire, ne cessait de se plaindre. Elle tombait souvent, essayait en vain de se remettre sur pied en appuyant sur ses bâtons, et se voyait constamment obligée de crier à l'aide au moindre incident. D'ailleurs, elle ne faisait du ski que pour plaire à Kristian.

Et même si, pendant l'été, elle consentait à reconnaître que le spectacle était beau, oui, très beau, elle n'avait en vérité qu'un désir, celui d'arriver au but, et vite. Tous ces merveilleux sites ne lui laissaient aucun souvenir.

Kristian et Tomas arrivèrent, couverts de sueur. Charlotte leur servit le pique-nique. « N'es-tu quand même pas contente que nous ayons décidé de cette excursion, Uni ? » demanda Kristian. Uni, qui pensait avec effroi à la descente de la vallée de Skaa, que les autres voulaient entreprendre, garda le silence.

Tomas se leva : « Permettez-moi de boire à la santé de notre grande actrice, Mlle Hirsch ! »

Tout le monde éclata de rire et but à la santé d'Uni qui se força à sourire. Ici, tout perdait son éclat habituel, même la répétition fixée au 15 du mois, qu'elle attendait avec tant d'impatience et d'ardeur.

Uni devait son engagement à Charlotte qui l'avait présentée à l'écrivain Georg Ebert, dont une pièce, *Clara Borg,* allait être jouée au théâtre de la Cité. Charlotte avait persuadé l'auteur que personne mieux qu'Uni ne saurait interpréter le rôle principal.

Tout s'était passé avec la plus grande simplicité. Ebert lui-même avait un peu déçu Uni : un tout petit homme qui ne savait quelle attitude prendre et s'en tirait par des phrases toutes faites. Habillée élégamment, en vraie dame, elle lui avait rendu visite afin de faire connaissance avec « Clara Borg » et son créateur.

La chambre d'Ebert, une mansarde, était sombre et négligée, sans que rien eût été fait pour la rendre agréable.

Il leur avait été difficile de converser, comme s'ils venaient de deux mondes différents. Peut-être avait-elle des idées très naïves sur l'art et les artistes ?

La pièce lui avait tout d'abord semblé parfaitement ridicule, mais Ebert (qui l'avait félicitée de la compréhension de son rôle) considérant son œuvre comme particulièrement remarquable, et Mme Thomsen elle-même la trouvant magnifique, Uni avait fini par se laisser convaincre qu'il s'agissait de quelque chose d'exceptionnel…

Ce n'était pas sans appréhension qu'elle avait abandonné son emploi. Il lui faudrait vivre désormais sur ses économies quand elle n'aurait pas d'engagement.

Aujourd'hui, son rêve se réalisait. Elle allait aux répétitions – ce qui, certes, était amusant : elle connaissait les coulisses, avait vu la salle vide de spectateurs, les fauteuils recouverts de housses grises, les acteurs répétant leur rôle ; mais elle ne parvenait pas à s'accoutumer à la pensée qu'elle était une des leurs. Elle éprouvait la même impression que devant Ebert – elle se sentait en marge.

D'autre part, il lui avait été difficile de se défaire de ses habitudes de bureau, de se retrouver dépouillée de sa routine, d'un travail régulier, tracé d'avance. Certes, ce travail la prenait plusieurs heures par jour, mais elle savait ce qu'elle avait à faire pendant ce temps qui ne lui appartenait plus. Désormais, elle restait inactive des heures entières. Elle s'en étonnait, mais il n'était guère possible d'occuper seize heures par jour avec *Clara Borg*.

Fardée, en robe de soirée, Uni était prête à entrer en scène. Paralysée par le trac, elle n'osait pas regarder dans la salle et n'entendit qu'à peine Torbjørg Bakke lui dire : « Votre fiancé est là… »

Elle jeta un coup d'œil par l'entrebâillement du rideau. Elle savait parfaitement à quelles places devaient être assis Kristian et ses amis, mais, dans son désarroi, elle fut incapable de repérer quiconque.

L'orchestre jouait les derniers accords d'une valse. Sur scène le piano attaqua la musique de pièce ; la rampe et les herses s'allumèrent. Le rideau se leva.

Elle ne reprit vraiment contact avec la réalité que lorsqu'il se baissa. Les applaudissements éclatèrent. Les rappels se succédèrent. Les acteurs saluèrent, d'abord Strøm, Mlle Bakke et Uni, puis Uni toute seule.

L'auteur vint lui serrer la main. Tous ses camarades la félicitèrent. Elle avait peine à croire que c'était elle qui venait de jouer cette pièce.

Malgré son envie, elle ne regarda pas dans la salle : bien qu'elle se sentît très heureuse, une sorte d'appréhension l'en empêchait. Elle rentra vivement se rhabiller dans sa loge où elle trouva des fleurs de Kristian et d'Abrahamsen, un ami de Kristian qu'elle connaissait à peine.

Ce ne fut qu'après le spectacle, assise dans un élégant café avec Ebert et quelques-uns des acteurs que Kristian avait invités, qu'elle reprit un peu ses esprits. Ainsi, c'était vrai, elle était désormais une artiste… Il y avait là pour elle de la musique, des fleurs, du champagne… Des gens la regardaient en prononçant son nom. Et demain les journaux…

Dans l'ensemble, les critiques étaient bonnes. Toutes s'accordaient à dire que la jeune actrice avait un visage expressif et une voix agréable. Mais on lui reprochait une nervosité trop apparente. Seul un article signé par un ami d'Ebert était totalement élogieux.

C'est grâce à son talent de chanteuse qu'Uni obtint ensuite un engagement régulier. À partir de la saison suivante, elle joua des opérettes et remporta beaucoup de succès.

Mais les pièces restaient si longtemps au programme qu'elle était fatiguée de toujours interpréter le même rôle. Et, au fond, Uni n'était pas enchantée de sa nouvelle vie ; elle refusait de s'avouer combien sa déception était grande. Cela se passerait, ce n'était que le début…

« Ah, prêtresse de l'art…, s'esclaffait Torbjørg Bakke. Tu es d'une solennité incurable ! Tu as gardé non seulement ta vertu, mais toutes tes illusions et tes préjugés bourgeois. Sois un peu immorale, voyons. Regarde-moi : je m'en accommode bien, moi, de ce monde ! »

Torbjørg se moquait de la mine terrifiée qu'Uni faisait en l'entendant tenir ce genre de propos dont elle reconnaissait pourtant l'ironie amère. Torbjørg Bakke était en fait une jeune fille modèle, subvenant aux besoins de son vieux père et d'un petit-neveu, qu'elle faisait passer quelquefois, par plaisanterie, pour son fils.

Avec ses camarades de théâtre, Uni était d'une immense timidité. Elle n'arrivait pas comme Torbjørg à se faire aimer de tous, en sachant pourtant se tenir en dehors de tout ce qui lui déplaisait, sans jamais être prise pour une orgueilleuse et une mijaurée, comme il lui arrivait presque toujours à elle. Il est vrai qu'elle se fâchait facilement…

Uni était venue rendre visite à Charlotte pour son anniversaire.

Il lui semblait que Charlotte et sa mère ne s'entendaient plus. Mme Hedels ne répondait désormais que par monosyllabes à sa fille, qui, d'ailleurs, d'une manière générale, ne disait pas grand-chose. La promenade habituelle du soir, le long du fleuve, fut mélancolique.

Charlotte s'arrêta sur le pont de Beier, et regarda le vaste fleuve jaune couler entre les usines aux murs de brique ocre, contre lesquels se penchaient avec grâce des saules encore verts après un automne pluvieux. À travers le bourdonnement des machines on percevait le bruit clair des poutres d'acier que l'on façonnait. Des ouvriers allaient et venaient sur le pont.

Sur l'autre rive se dressait, isolée, une petite maison ; des enfants jouaient sur la berge parmi des flaques d'eau.

Des couples qui passaient enlacés firent des réflexions à mi-voix sur les promeneuses.

Charlotte se remit à marcher : « As-tu remarqué, demanda-t-elle à Uni, que tous ces gens devinent à quelle classe sociale nous appartenons ? Qu'on soit mal habillé importe peu.

– Ils le devinent par l'allure, je pense. Par la tenue, par un certain je-ne-sais-quoi. On voit de charmants visages ici, mais ces femmes ont une façon de marcher, de se tenir… »

Elles traversaient de sinistres quartiers ouvriers, passant devant de vieilles maisons en bois entourées de minuscules jardins, qui avaient l'air d'appartenir à un autre lieu plus paisible, à une autre époque plus calme, destinées à des ouvriers d'opérette croyants et conservateurs, et non aux ouvriers de ces usines sombres aux roues gigantesques, aux interminables courroies de transmission, aux fenêtres garnies de barreaux – aux ouvriers des syndicats aux aguets des bruits de la ville bourgeoise, humant le printemps comme les animaux à l'étable, désirant ardemment le jour où ils lutteraient farouchement contre les « tyrans capitalistes » pour les vaincre et les briser…

Elles étaient arrivées au cimetière du nord. Charlotte ouvrit la grille et entra dans l'allée des Bouleaux.

Sur le ciel jaune pâle de ce soir de septembre, dans cette atmosphère légère, les cimes des arbres, épaisses et sombres au grand jour, se faisaient fines et transparentes.

« J'aime de plus en plus cette saison. »

Charlotte s'était arrêtée devant une tombe couverte de roses.

« Quel dommage que nous ne soyons plus assez naïves pour donner aux fleurs des pensées humaines. Les fleurs d'automne, que de choses elles nous suggéreraient… Les giroflées, les résédas et les œillets, aux senteurs plus accentuées, savent que le gel peut surgir soudain d'une nuit à l'autre. Mais ils brillent sous le clair de lune, alors que l'hiver est là, à la porte. Les rosiers exhibent des bourgeons qui n'auront jamais le temps d'éclore…

– Mon Dieu, s'exclama Uni après un moment, à vingt-cinq ans on est tout de même encore très jeune !

– C'est selon… Moi, je ne peux supporter cette clarté qui me ronge. Ces nuits claires, on devrait les vivre toutes intensément, car après c'est la Saint-Jean et tout s'éteint, nous entrons dans l'obscurité. Les feuilles jaunissent et la pluie les emporte… Noël… De dimanche en dimanche, on sent, à travers la lumière, l'air moins vif, que le printemps approche. Qui apportera de nouvelles feuilles, d'autres nuits claires… Seulement, voilà, nous aurons un an de plus. Et le temps s'écoule au-dessus de nous et nous restons comme des cadavres sous l'eau, *nous ne vivons pas.*

– Certes, tu peux ne pas être très heureuse de ta situation actuelle, Charlotte, mais il y en a qui sont plus à plaindre que toi. »

Charlotte esquissa un sourire distrait : « Ce serait en effet une consolation s'il n'y en avait pas de plus malheureux.

– On dit cela.

– Non, je parle sérieusement. Presque tout le monde se contenterait de ma situation. Mais, en dehors du plaisir particulier qu'on éprouve à se sentir le plus malheureux de tous, on pourrait concevoir un certain espoir en constatant que la vie se montre plus charitable envers les autres. Or je ne connais personne dont la situation soit préférable à la mienne. Par conséquent je suis malheureuse par ma faute. Et si je m'arrangeais autrement, ce serait la même chose. Il me restera toujours moi-même à supporter. Et cela me rend lâche.

Maman me disait justement aujourd'hui que je pourrais quitter le bureau, partir pour l'étranger et y trouver un emploi. Histoire de changer d'horizon. Mais franchement je ne peux pas. Je sais qu'après mon départ, elle prendra un tout petit logement. Et Hedvig et Ellen continueront à mener la vie que je mène… Non. Je ne peux pas, j'aurais toujours des remords. D'un autre côté, je ne peux rien sacrifier sans que les autres s'en aperçoivent. Or je ne suis pas faite pour être une martyre et je suis incapable d'un égoïsme absolu. Je ne suis bonne à rien…

– Charlotte, écoute, tu connais parfaitement la différence entre avoir un foyer familial agréable, et en être privée.

– Justement. Toi, tu dois savoir ce que c'est de n'aimer personne. »

Uni releva la tête : « Vois-tu, nous devrions tous savoir ce que c'est que d'être privé de ce que nous possédons. Mais nous nous en apercevons trop tard. Et si nous y pensons parfois, ce n'est que de manière très fugace. »

Charlotte rit doucement.

« Prenons le cas de ta petite-cousine. Tu m'as tout raconté au sujet des Iversen. Et pourtant ce petit foyer si ordinaire apparaît comme un paradis à Birgit, maintenant qu'elle travaille en ville et qu'elle en est loin. Ne crois-tu pas que, moi aussi, je verrais notre maison d'un autre œil si j'en étais éloignée et si je menais une vie difficile ? Ce serait un coin de ciel dont je pourrais rêver, un lieu paisible dans un monde bouleversé et dangereux... À notre âge on veut partir pour lutter seule, en se fiant à nos propres forces. Loin d'elle, je pourrais tout confier à mère, même si elle était moins intelligente, moins instruite. Même si elle n'était qu'une petite vieille raccommodant des chaussettes et se grattant derrière l'oreille avec l'aiguille à tricoter en se disant que le bon Dieu arrangera les choses.

Mais rencontrer chaque jour le même regard, ce regard qui connaît tous mes problèmes, c'est un supplice. Condamnée à vivre ensemble des années et des années... Être loin de sa famille, et repenser à la place du moindre objet, savoir que les jours s'y écoulent paisiblement, songer aux mots sans importance échangés là-bas, aux actes qui se répètent indéfiniment... C'est une chose... Mais vivre cela tout le temps ! On finit par haïr chaque chaise, chaque table, chaque objet qui nous a contemplé durant toute notre vie, receleurs de nos peines et de nos défaites les plus secrètes. Se réveiller et connaître d'avance par cœur toutes les petites phrases, tous les menus faits et gestes qui reviendront inéluctablement à l'heure habituelle.

À la maison, on demeure à tout jamais des enfants. Moi qui, depuis ma naissance, ai toujours vu ma mère travailler pour nous, comprends-tu à quel point je me sens gosse en face d'elle ? D'un autre côté, si j'étais loin d'ici, quel bonheur ce serait pour moi de penser qu'il y a quelqu'un pour qui je suis toujours un enfant et dont l'amour m'est assuré… À mon âge, maman était mariée. Comment pourrait-elle me comprendre ? Je ne le voudrais pas d'ailleurs, pour rien au monde. Mais le supplice, c'est qu'elle comprend tout… sauf l'essentiel !

– Je voudrais… », commença Uni.

Charlotte sourit.

« Tant pis, reprit Uni. Je le dis : que tu tombes amoureuse, mais sérieusement amoureuse.

– Je n'ai jamais été amoureuse et je ne peux pas le devenir. Cette longue attente nous rend exigeantes, pas vrai, Uni ? On se crée un idéal fabuleux et, finalement, tout ce que nous offre la vie est insuffisant. Nous sommes irrémédiablement seules, nous nous interrogeons trop, nous fouillons en nous-mêmes, nous rêvons, nous rêvons… »

Uni contemplait le visage pâle au profil pur. Soudain, elle fut saisie du désir ardent de voir Kristian, éprouva une envie violente de sentir devant elle un être chaud, vivant, et non l'incarnation d'un destin glacé, paralysé.

« Tu es comme Narcisse, s'écria Uni. Tu sais, ce jeune homme qui aimait tant son image qu'il se noya en admirant son reflet dans l'eau.

– Oui, dit Charlotte avec calme, mais ne crois-tu pas que de nos jours ils sont nombreux, les gens comme moi ? »

À leur retour, elles découvrirent que Mme Hedels avait préparé des fruits, des gâteaux et du vin.

Uni se rappelait le bonheur qu'engendraient autrefois ces soirées chez les Hedels. La gaieté et les rires que partageaient la mère et les filles…

Ce soir-là, Charlotte but à la santé de ses sœurs. Et sourit à sa mère qui venait vers elle et caressait au passage son front large et blanc en murmurant : « Ma brave petite fille… »

Le miroir à la main, Uni se contemplait sous toutes les coutures. Elle était enchantée de son nouveau chapeau et de son tailleur. Elle n'avait jamais rien eu d'aussi chic. Ô ciel ! Et Kristian qui tardait à venir. Ah… on frappait…

« Eh bien ! Enfin ! s'écria-t-elle.

– Mes compliments, mademoiselle !

– Parbleu, tu devrais même dire que je n'ai jamais été si belle !

– Tu sais que ta beauté ne cesse de m'éblouir !

– Voilà qui ne me déplaît pas !

– Que je t'admire à ce point-là ? »

Ils flânaient dans la rue Karl-Johan… Un beau jour de février ensoleillé et baigné de légers effluves printaniers.

Uni saluait aimablement les personnes de sa connaissance qu'elle rencontrait. Et les commentait pour Kristian :

« Tiens ! Mme Keyser. Mon Dieu, qu'elle a changé ! Pourtant, elle n'est pas beaucoup plus âgée que moi. Elle a été fort belle à l'époque, tu sais !

– Où veux-tu que nous allions ?

– Je n'ai pas de préférence. »

Il lui avait téléphoné pour l'inviter à déjeuner. Elle aurait souhaité aller au Grand Hôtel, mais Kristian n'y tenait pas. Finalement ils choisirent le café du Théâtre.

« Pauvre Sixten, dit Uni alors qu'ils entamaient leur repas, je l'ai accompagné à son embarquement hier soir. J'ai vraiment pitié de lui. Je crois que tous ses malheurs viennent de sa bonté. Dieu seul sait comment il se débrouillera là-bas… Pourvu que ton frère puisse l'aider au début. »

Sixten Thorne ayant eu des histoires de jeu, des dettes, il avait dû partir pour les États-Unis. Uni, avec qui il avait renoué l'automne précédent, avait écrit à Lars Hjelde afin de lui recommander Sixten.

« Dis-moi, Kristian, s'enquit Uni, pourquoi ne m'as-tu jamais parlé des bruits qui circulaient déjà sur Sixten avant Noël ? »

Kristian, pensif, examinait ses ongles : « Tu sais bien que je ne colporte jamais les ragots qui circulent sur le compte de tes amis.

– Évidemment, toi, tu as toujours l'âme si noble ! »

Le ton de Kristian se fit sévère : « Pourquoi prends-tu tout de cette façon aujourd'hui ? Tiens, je voulais te dire : je viens d'être augmenté, je suis passé à deux mille six maintenant…

– Tu n'es pas content ? dit Uni timidement.

– Je l'étais… tout à l'heure », répondit-il à voix basse.

Uni lui prit la main et la serra longuement.

« Ce n'est pas beaucoup, reprit Kristian après un silence. C'est à toi de décider si cela nous suffira.

– Pfft », souffla Uni.

Kristian fit mine de se pencher sous la table comme s'il voulait ramasser quelque chose et lui baisa la main.

« Je suis si heureuse, Kristian. Veux-tu que nous écrivions à ton père ce soir même ?

– Tu es si adorable… Et il faut que je te dise… Je ne t'ai jamais questionnée à propos de ton travail. Es-tu contente au théâtre de la Cité ? »

À contrecœur, Uni retira sa main.

« Je sais, dit Kristian, que tu as souvent été à deux doigts de perdre courage. Mais… tout bien considéré… je ne voudrais pas exiger que tu renonces à un travail auquel tu tiens.

– Tu sais ce que mon art est pour moi.

– Je sais très bien ce qu'il *a été* pour toi. Que tu as désiré ardemment arriver là où tu es. Mais aujourd'hui, après deux saisons, ton art passe-t-il encore au premier plan ? Si oui, je n'en parlerai plus jamais, même si je dois rester au second plan. Si l'art est ta vie, toutes les explications ne serviraient à rien. Toi, tu es ma vie, toi telle que tu es. Mais maintenant parlons sérieusement. Que la question soit réglée une fois pour toutes.

– Mais non, Kristian, tu fais erreur. Tu n'es pas au second plan. L'art est tout autre chose. C'est ce qu'il y a de meilleur en moi. Si je n'étais pas capable de me passionner pour quelque chose qui se situe au-dessus de moi-même, ou de souffrir pour une idée, comment pourrais-je t'aimer d'un amour qui ait quelque valeur ? »

Kristian Hjelde ne répondit pas. L'art qu'elle aimait plus qu'elle-même, ce n'était, au fond, que l'épanouissement de son moi. L'art, c'était quelque chose d'indéfini, une abstraction – la réalité, c'étaient ses désirs, son énergie, son ego. Lui était maintenu à l'écart de tout cela…

« Et si nous avons des enfants, poursuivait Uni, te mettrai-je au second plan parce que je les aimerai plus que moi-même ? T'en aimerai-je moins ? »

Il ressentit une douloureuse amertume. Des enfants… encore et toujours l'épanouissement de son moi.

« Comment veux-tu que je le sache maintenant ?

– Vois-tu, le théâtre de la Cité, ce n'est que provisoire. Enfin Kristian, qui pourrait vraiment se décider au bout de seulement deux saisons ?

– Les autres, non, mais toi ? »

Uni laissa son regard errer dans le vide. Se doutait-il qu'elle s'était déjà interrogée maintes fois, dans la solitude… Et c'est en quelque sorte à sa propre angoisse qu'elle répondit : « Je crois, Kristian, je crois fermement qu'il doit y avoir du talent, quand il y a une volonté comme la mienne, un tel amour, un tel désir… À présent j'ai surmonté beaucoup de difficultés, pratiquement tout ce qui aurait pu me décevoir. Et j'ai encore plein de courage, de foi et d'amour !

– Oui, mais je ne peux m'empêcher de penser à ce que tu m'as dit de Charlotte Hedels. Combien d'êtres possèdent-ils un tel amour, une telle faim de la vie, voire un tel talent ? Eh bien, crois-tu vraiment qu'elle *vivra* un jour ?

– Kristian ! » Les paroles moururent sur ses lèvres et elle s'obligea à sourire… « Tu commences à devenir terriblement intelligent, tu sais.

– Peut-être. » Kristian parlait gravement, à voix basse. « Écoute, Uni, lorsque nous nous sommes fiancés, je ne savais rien de ce que tu appelles l'art. Je ne m'étais jamais douté de ce qu'il pouvait être pour ses fidèles. Maintenant je le devine, encore qu'imparfaitement.

Vois-tu, il en est peut-être de même de mon amour pour toi. Dieu sait que j'ai un grand désir, une foi ardente, de la volonté et de l'amour. Je ne veux pas t'empêcher de suivre ta voie. Pourtant aujourd'hui – et ce n'est pas la première fois –, en te parlant ainsi, j'ai l'air d'un ennemi et de lutter contre ce que tu penses être ton bonheur.

Essaye de croire à ma sincérité et à ma volonté. Mais comprends bien que, si un jour ton courage et ta foi font naufrage, mon amour ne te servira peut-être à rien. »

Uni se pencha et baisa tendrement la main de Kristian. Ils restèrent silencieux quelques instants. Puis, se sentant de nouveau confiante en elle-même, Uni reprit : « On m'a justement donné un nouveau rôle aujourd'hui. J'en attends beaucoup. Tu verras…

– Tu ne peux pas m'en parler aujourd'hui ? insista-t-il avec douceur.

– Non, plus tard, il faut que ce soit une surprise.

– Le ciel fasse que tu en retires beaucoup de joie », dit Kristian avec sincérité.

En fait, Uni n'était pas sûre que la surprise qu'elle réservait à Kristian le réjouirait énormément.

Elle venait d'obtenir le rôle principal dans une opérette française. Elle aimait beaucoup le personnage de cette petite Geneviève qui disait les choses les plus inconvenantes avec une candeur désarmante. Elle en ferait quelque chose de très bien, elle en était persuadée. Elle incarnerait à merveille cette jeune pensionnaire pleine de vie, à l'esprit aventureux. Elle rendrait cette franche inconscience, cette curiosité de découvrir le mystère que lui cachaient soigneusement les religieuses et son tuteur… Elle saurait créer cette atmosphère d'indéfinissable désir qui caractérise la pièce. Elle serait la jeune fille que la découverte de l'amour rend d'abord craintive et timide, puis infiniment calme et heureuse. Et qui enfin triomphe avec fierté et une charmante ingénuité lorsque son tuteur la surprend à l'hôtel avec son amant – devenu son mari – qui est, comme par hasard, l'époux que son oncle lui avait choisi…

Le rôle exigeait qu'à ce moment elle entrât en scène vêtue simplement d'un corset et d'une culotte. Le directeur lui avait certes permis de mettre un jupon, mais Uni préférait jouer le rôle tel qu'il avait été imaginé. Elle jugeait l'épisode charmant et voulait donner une impression de naïveté pure et sincère.

Mais que dirait Kristian ?

Dès le premier acte elle sentit l'enthousiasme du public. Ravie de pouvoir donner libre cours à son talent, elle lançait les répliques les plus osées sur le ton de la repartie innocente.

Victoire ! Kristian vint la voir à l'entracte. Et, Dieu soit loué, il était content.

« Eh bien, mon chéri, comment me trouves-tu ? »

Il rit en lui prenant les mains.

« Merveilleuse ! Es-tu contente, au moins ? »

Elle fit signe que oui, les narines palpitantes. Les compliments pleuvaient de tous côtés.

Après l'entracte, la nervosité, le trac et le doute qui l'habitaient avaient définitivement disparu. Elle se faufilait sur scène dans sa culotte de dentelle, les jambes gainées de soie, s'exprimait posément, les gestes un peu gauches, timide, avec des regards craintifs et chastes. Elle sentait qu'elle jouait avec charme et infiniment mieux qu'aux répétitions. Ses répliques tombaient, vives et brillantes, tout allait pour le mieux : elle vivait son rôle.

Kristian vint la chercher après la représentation qui s'acheva triomphalement. Il ne disait mot et parut morose tout le reste de la soirée.

Le lendemain, Uni lut les journaux : un véritable concert de louanges. Un événement théâtral inoubliable, une création géniale, s'extasiaient les critiques… Uni sortit, impatiente de jouir de son triomphe en compagnie de ses amis. Mais, au fond d'elle-même, elle nourrissait une certaine crainte des réactions de Kristian et, tout en marchant, elle préparait sa défense. Non, elle ne lui permettrait pas de détruire son bonheur.

Après le déjeuner elle se rendit à l'usine chercher son fiancé qui commença par lui faire des tas de compliments et la féliciter de son succès. Uni, nerveuse, attendant les remontrances, guettait anxieusement chacune de ses paroles…

« Et qu'en dites-vous au théâtre ? poursuivit Kristian. Croyez-vous que la pièce tiendra longtemps l'affiche ?

– Certainement. La critique a été très élogieuse. Je crois que nous tiendrons toute la saison, et après nous ferons une tournée.

– Je comprends que ce rôle te plaise, mais… ne pourrais-tu changer ton costume au dernier acte ?

– Impossible, voyons ! Comment veux-tu accorder les répliques avec ce déshabillé ?

– Mais il vous arrive de changer le texte, m'as-tu dit.

– Oui, mais il n'en est pas question ici ! Tel que je l'ai compris, ce rôle n'a rien de choquant. Tu ne trouves pas ?

– Tu joues très bien, certes ! Mais… rien que la façon dont on m'a dit aujourd'hui au bureau combien tu étais charmante…

– Enfin, tu es fou ! Ce serait le comble du ridicule que j'interprète autrement mon rôle pour éviter les racontars de ton bureau !

– Tu comprends fort bien ce que je veux dire. Si tu savais avec quels yeux des centaines d'hommes t'ont regardée hier soir et te regarderont chaque soir…

– Je m'en fiche, des hommes !

– Je suis homme, moi aussi, dit Kristian d'une voix sourde.

– N'as-tu pas honte…

– Peut-être. Mais cela ne sert à rien d'avoir honte, cela ne change pas ce qui est.

– Kristian, tu te sers de méchantes armes, il me semble.

– Des armes ! »

Kristian la regardait fixement.

Ils étaient arrivés à l'église de Vestre Aker et se trouvaient sur un chemin désert.

« Tu ne peux nier, Kristian, que tu aurais préféré que mon succès fût moins éclatant !

– Crois-tu ce que tu dis, Uni ? »

Elle ne répondit pas.

« *J'ai été* content hier et de plus en plus à mesure que la pièce avançait. Oui, jusqu'au dernier acte. Mais là, en voyant les visages avides tendus vers toi, j'aurais voulu que tu obtiennes ta victoire par d'autres armes, comme tu dis.

– Ce n'est pas vrai, Kristian !

– Tu ne crois pas que ce soit vrai, ce que je te dis ?

– Toi, tu le crois, je le sais bien. Mais ce n'est pas à cause de ces détails absurdes, c'est parce que tu ne m'as jamais jugée capable de quelque chose. Tu as toujours attendu que l'échec et la lassitude me ramènent vers toi… »

Kristian s'arrêta. L'angoisse lui poignait le cœur. Avait-elle raison ? Il ne savait plus. Mon Dieu, que cette histoire devenait laide…

« Non, non, ce n'est pas possible ! » Uni éclata en sanglots.

« Qu'est-ce qui n'est pas possible, Uni, voyons, ma chérie ?

– Que cela dure ainsi !

– Que veux-tu dire, qu'est-ce qui ne doit pas durer ?

– Que nous nous blessions mutuellement ! »

Elle enleva son gant et retira sa bague de fiançailles.

« Non, Uni ! Uni, je t'en supplie, je cède…

– Mais c'est justement ce que je ne veux pas. Rends-moi aussi ma bague, Kristian… »

Elle a eu raison, pensa Kristian le soir en rentrant chez lui. C'était impossible. Le lien qui les attachait, chacun le tirait de son côté, et chaque jour les fibres invisibles étaient peu à peu rongées par de petites médiocrités. Mieux valait couper le lien carrément !

Et pourtant comme il aimait Uni ! Et comme elle l'aimait, elle aussi. Mais non, ce n'était plus possible. Cette éternelle méfiance entre eux ! Jamais ils ne pouvaient être entièrement sincères. Tout à l'heure ne s'était-il pas dit : elle s'en va, son chemin est libre, toi seul lui barres la route. N'avait-il pas pensé jusqu'alors que son foyer, son amour, ses enfants la retiendraient ? N'avait-il pas voulu attacher ses ailes, l'empêcher de s'envoler… ?

Oui, c'était laid, répugnant. L'automne dernier, elle était sortie plusieurs fois avec Thorne. Il en avait été jaloux, mais ne l'avait pas montré, tout en restant méfiant. Certes, Thorne n'était qu'un ami d'enfance, mais elle voulait fréquenter la haute société – un milieu de snobs, un monde dans lequel il n'avait, lui Kristian, aucun moyen de l'introduire.

Non, ce qu'il pouvait offrir à Uni ne lui donnait pas le droit de la retenir.

Son amour ? Mais qu'était-il vraiment puisqu'il ne lui donnait même pas la force d'oublier les mesquineries journalières, ni empêcher les mauvaises pensées de se faufiler dans son esprit…

Kristian renvoya sa bague à Uni.

Uni fondit en larmes en la recevant. Elle s'apercevait soudain qu'elle n'avait pas cru un seul instant à une rupture. Elle désirait ardemment revoir Kristian. Tout cela était sa faute à elle. Elle espéra qu'ils continueraient à se rencontrer et que tout s'arrangerait. Mais les heures de bureau de Kristian ne coïncidaient pas avec l'emploi du temps d'Uni. Elle tomba plusieurs fois par hasard sur Tomas qui, lui, voyait Kristian, mais dont elle n'arriva pas à tirer grand-chose.

Puis elle partit en tournée et les vacances arrivèrent.

Le temps passa. Uni pensait un peu moins souvent à Kristian, mais son désir de le revoir était toujours aussi vif.

Un soir, au cours de la saison suivante, Torbjørg Bakke lui dit : « As-tu vu dans les journaux que ton ci-devant futur beau-père est mort ? »

Sur le point d'entrer en scène, Uni n'avait entendu que les mots « ci-devant futur » et « mort ». Les quelques minutes qui s'écoulèrent avant son retour en coulisse lui parurent atrocement longues. L'esprit paralysé, elle lança mécaniquement ses répliques. Elle avait l'impression de ne plus rien sentir.

Dès qu'elle eut quitté la scène, elle arracha le journal que lui tendait Torbjørg et lut :

« Notre cher père, Lars Hjelde, est décédé hier subitement à Namsos.
Il était âgé de 57 ans.
Il ne sera pas envoyé de faire-part.
Au nom de mon frère absent et au mien.

Kristian Hjelde. »

Son premier sentiment fut bien entendu une joie immense. Mais après le soupir de soulagement de savoir Kristian vivant, vint une ferme résolution : elle lui écrirait le soir même. Pauvre chéri ! Lui qui avait tant aimé son père… Mais elle ne pouvait pas participer efficacement de loin à la douleur de Kristian. Et il avait peut-être besoin d'elle. À présent elle pouvait lui revenir. Elle voulait être tout pour lui, elle en était capable. Personne ne savait aussi bien qu'elle ce qu'il avait perdu avec son père. Elle lui écrivit pour lui dire son souhait de le revoir. Elle lui envoya une longue lettre, une lettre tendre mais prudente. Elle entendait regagner peu à peu son cœur.

La réponse se fit attendre plusieurs jours, durant lesquels elle se sentit malade d'angoisse et d'incertitude. Pourvu, mon Dieu, qu'elle pût revenir à lui, maintenant qu'il souffrait ! Jamais plus elle ne se montrerait égoïste. Elle savait aujourd'hui ce que c'était d'être sans amour. Elle serait bonne, humble et bonne.

Dès le lendemain, après avoir expédié sa missive, elle se rendit chez Kristian et découvrit qu'il avait déménagé. Elle se précipita à sa nouvelle adresse : il venait de partir.

Le troisième jour, en rentrant le soir, elle trouva une lettre envoyée de Namsos. Elle décacheta fiévreusement l'enveloppe.

« Chère Uni !

Je te suis infiniment reconnaissant de ta merveilleuse lettre. En recevant la dépêche m'annonçant la mort de papa, j'ai voulu t'écrire mais je n'en ai pas eu le courage. J'ignore comment te dire toute ma gratitude.

Tu sais ce que mon père fut pour moi, tu l'as connu, toi aussi, et vous avez été de bons amis. Tu penses à moi dans ma douleur, je le sais et cela me console. Tes fleurs sont arrivées juste au moment de mon départ, j'ai pu les emporter pour les mettre sur sa tombe de ta part. Merci, chère Uni.

Mais je crois qu'il vaut mieux que nous ne nous voyions pas à mon retour. Je le voudrais pourtant, mais non, il est préférable d'agir ainsi. On ne peut pas empêcher le passé d'avoir été. Je sais que tu es une fidèle camarade, et je resterai toujours ton ami…

Père est mort subitement d'une attaque d'apoplexie. Peut-être est-ce mieux pour lui. Il a échappé à la maladie, à la souffrance, mais cela a été terrible pour moi : c'est arrivé si brusquement et il était encore si jeune.

Je t'écris ces lignes dans le train.

Adieu, chère Uni, je suis si fatigué que le crayon m'échappe des doigts. Encore une fois merci de tout cœur ; crois-moi, je te suis reconnaissant de chaque mot.

Mille souvenirs de ton ami dévoué.

Kristian. »

4

Un soir, Uni, Birgit et Titti étaient allées chez tante Bendikte. Une violente bourrasque de neige les surprit alors qu'elles descendaient vers la station de tramway. La neige rendait la route glissante et, pour ne pas tomber, les jeunes filles marchaient bras dessus, bras dessous, chancelant, glissant, riant. Titti poussait des cris aigus. Couvertes de flocons, elles ressemblaient toutes trois à des bonshommes de neige.

Seule Uni, fatiguée, gardait le silence. Chez tante Bendikte, elles avaient beaucoup parlé de son dernier rôle dans une pièce norvégienne – un four, joué trois fois : le rôle d'une jeune fille qui tournait mal et finissait au dernier acte en demi-mondaine. Les tenues de scène avaient fourni un grand sujet de conversation ; quel ennui de s'acheter des robes d'un tel prix pour trois représentations seulement. Les avis différaient. Titti trouvait le manteau de soirée du dernier acte ravissant et conseillait de n'y rien changer. Birgit tenait à ce qu'on enlève les ornements bariolés pour les remplacer par du velours gris ; quant à la tante Bendikte, elle était formelle : jamais Uni ne pourrait porter ce manteau en ville et une transformation complète s'imposait... Mon Dieu, se disait Uni, comment pouvait-elle faire partie de cette famille ! Elle avait observé la tante quelques instants – pouvait-on imaginer un corps de femme sous cette robe maintenue par une dizaine d'épingles anglaises, avec deux plis raides tombant des épaules sur le ventre. Et ces capes bizarres à l'air vieillot, ces chapeaux en dentelle noire tendue sur des fils de laiton, garnis de fleurs de velours et de petites plumes d'autruche fanées...

Et Titti, qui ne cessait de raconter ses innombrables aventures aussi romanesques que fantaisistes – lesquelles, en fait, se réduisaient à de banales amourettes. Et Birgit, la pauvre petite...

« *Majorstuen, terminus, alle'raussteigen** *!* » s'écria un Allemand d'un certain âge, croyant faire de l'esprit, en voyant passer les jeunes filles.

Uni éclata d'un rire affecté et vulgaire. Ses amies l'incitèrent à se modérer, mais elle continua à s'esclaffer si bruyamment, que les gens se retournaient sur leur passage.

« Uni, s'écria Birgit, on va croire que tu es ivre... »

Trois jeunes gens portant des skis descendirent de la deuxième voiture du tramway et les dépassèrent. Le dernier salua et ses compagnons l'imitèrent.

« Mais c'est Kristian ! » s'exclama Titti.

Uni se calma instantanément.

Les articles parus dans la presse avaient tellement tourmenté Uni qu'elle ne put fermer l'œil de la nuit.

* *« Terminus, tout le monde descend ! »*

« Douée d'un talent délicat, Mlle Hirsch a échoué dans le rôle de Ragna… », disait la critique la plus favorable. « La fragile étincelle dramatique d'Uni Hirsch s'est éteinte au dernier acte dans un flot de larmes théâtrales… » « Mlle Hirsch n'a pu donner un peu de vie à cette triste Madeleine, accusatrice de la société. »

Et les mêmes arguments se répétaient : gentille, délicate, oui, mais sans ampleur ; somme toute, insignifiante et dépourvue d'un vrai talent. Des rôles d'opérette, de vaudeville, soit, mais on la sentait incapable de créer quelque chose d'original, de vivant, bref, d'important.

Sous une telle avalanche, Uni commençait à se demander si les critiques n'avaient pas raison…

Elle avait pourtant cru comprendre le rôle de Ragna : celui d'une fille pleine d'une intense joie de vivre, étouffée peu à peu avant d'être accablée par le malheur. Ses mots, ses cris de révolte, ce n'étaient que les plaintes de toutes les jeunes filles désirant le bonheur, mais dont la route est irrémédiablement barrée ; c'étaient les paroles que l'on prononce lorsque le monde vous piétine et vous force à rester dans l'obscurité, soit que l'on tourne mal, soit que, travailleuse honnête, on s'épuise toute la journée dans un bureau pour rentrer le soir, seule, dans une horrible pension ; c'étaient les expressions de la fatigue que l'on ressent, au fond, après avoir été fiancée des années à un homme que l'on aime, et que les convenances se dressent contre vos aspirations ; ou les mots qu'on lance quand on prend sa famille en haine, qu'on bafoue sa mère, qu'on se dispute avec ses frères et sœurs : parents qui vous sont chers pourtant, mais, à vivre nombreux dans un petit logement, les heurts se multiplient…

C'est tout cela qu'elle avait voulu traduire. Les répliques, longues et violentes, n'étaient peut-être pas admirablement construites, mais elles étaient vives, sincères, tissées de vérité. Que Ragna, une fois tombée, se mette à accuser n'importe qui, et surtout la société, sans jamais s'en prendre à elle-même, lui semblait bien observé.

Voilà ce qu'il fallait faire ressortir. Lors des répétitions, on l'avait avertie plusieurs fois que son interprétation serait sans effet, qu'il fallait comprendre le rôle autrement. Ses camarades avaient donc raison… à moins que ce ne soient ces critiques qui lui aient saboté sa confiance en elle-même ? Cet échec ne venait-il pas de son manque de talent ?

À ses débuts, elle dédaignait presque la critique. Elle était si sûre d'elle-même et de ses immenses dons ! Tout le monde en conviendrait un jour. Il lui suffirait d'un rôle, un vrai rôle, et ce serait pour elle un jeu d'enfant que de montrer à l'univers stupéfait comment l'on doit jouer la comédie. Dès qu'on applaudissait certains acteurs, elle mourait d'envie de mettre en pièces la diction boiteuse, déclamatoire, le manque de vie de l'interprétation, même si la critique et le public les trouvaient parfaits.

Pourtant aujourd'hui, maintenant qu'elle avait pu faire ses preuves, elle en avait assez. Peut-être les autres avaient-ils raison ? On ne pouvait paraître naturel sur scène ; ou bien elle ne savait pas allier le naturel et l'art…

Si elle devait rester une actrice de second plan au théâtre de la Cité, elle aurait mieux fait de ne pas quitter son emploi de bureau. Elle n'était pas plus libre au théâtre où elle retrouvait pratiquement les mêmes contraintes : un chef dont elle dépendait, des camarades avec lesquels elle n'avait rien de commun, et puis toujours les sempiternelles difficultés pécuniaires. Cela dit, elle n'avait plus désormais le choix, aucun bureau ne voudrait d'elle. Une actrice !

Mon Dieu, que Kristian avait donc raison. Kristian ! Combien de fois elle avait désiré sa présence, revoir son visage, entendre sa voix. Il avait voulu la protéger, l'empêcher d'entrer dans un milieu susceptible de la blesser. Oui, le malentendu venait de là, il avait eu peur qu'elle ne soit pas capable de se frayer son chemin et il avait souffert de n'avoir pas pu l'aider !

Mon Dieu, est-ce qu'hier, au retour de chez la tante, Kristian l'avait crue ivre ?

Elle ne jouait pas dans la nouvelle pièce et en était presque contente. Pourtant c'est elle qui aurait dû avoir le rôle confié à Clara Lund ; on lui donnait maintenant presque tous les rôles. Un critique avait même écrit qu'ils lui revenaient de droit.

Elle y songeait en se rendant à un bal. Non, vraiment, elle n'était pas d'humeur à aller danser. D'ailleurs, elle était en avance. Elle s'arrêta, frissonnante, et contempla les terres blanchâtres et les reflets de lumière sur la colline où se dressait le Holmenkollen brillamment illuminé. Elle commença à monter lentement la route de Sørkedalen. À peine s'avouait-elle le secret espoir qu'elle avait de rencontrer Kristian. Il avait certainement quitté l'usine à cette heure tardive. Et, en effet, tout le bâtiment était plongé dans l'obscurité.

Elle redescendit sur la route. Mais pour éviter quelques jeunes gens qui s'avançaient en chantant bruyamment, elle fit demi-tour en direction de l'usine dont la porte était encore ouverte. Comme ils l'appelaient et faisaient mine de la suivre, Uni entra dans la cour.

Il y avait de la lumière dans les bureaux, et Uni aperçut Kristian qui causait avec un contremaître. Puis celui-ci prit congé et, tandis qu'il s'en allait, Uni recula dans l'obscurité. De sa place, elle continuait à voir Kristian, le dos penché sur sa table.

Sans savoir comment, sans réfléchir à ce qu'elle faisait, Uni se retrouva dans le bureau mal éclairé, respirant l'atmosphère familière de caoutchouc, de goudron et d'autres odeurs indéfinissables, trébuchant sur des rouleaux de câbles électriques, s'avançant vers Kristian qui écrivait.

Il se retourna brusquement.

« Uni ! »

Le souffle coupé, il était devenu tout pâle. Incapable de dissimuler le trouble de sa voix, Uni bouleversée expliqua en hésitant :

« J'avais une invitation pas loin d'ici… Je… j'avais envie de te dire bonjour… je voulais savoir comment tu te portais… alors je suis entrée…

– Tu as bien fait, c'est gentil… Je m'en vais, justement. Puis-je t'accompagner. Je… nous… »

Elle n'entendait pas ce qu'il disait. Il parlait à voix basse, arrangeant, en tremblant d'émotion, quelques livres sur son bureau.

« Uni ! »

Instinctivement, elle se jeta dans ses bras.

… Elle desserra un peu son étreinte pour lui souffler à l'oreille : « Tu sais, Kristian, je n'aurais pas pu attendre davantage, je crois que je serais devenue folle. »

Et ils s'enlacèrent fiévreusement.

« Kristian, te souviens-tu de la lettre que tu m'as envoyée ?

– Tais-toi, Uni, je t'en supplie. Je l'ai tant regrettée. Je n'étais plus moi-même à ce moment-là. Mon père venait de mourir, je partais, sachant que je ne le reverrais plus. Je n'avais pas la force de te reconquérir… ni, craignant que tout soit fini, de sortir avec toi en ami, non je ne l'ai pas pu…

La lettre expédiée, j'ai eu des remords. J'aurais dû te saisir les deux mains, même quand tu ne m'offrais que ton petit doigt… »

Tous deux riaient et sanglotaient à la fois.

Ils se décidèrent enfin à partir.

« Je n'ai rien fait d'autre que penser à toi depuis le soir où je t'ai quittée à la station de tramway, dit

Kristian, je pensais à toi quand tu es arrivée et je t'ai prise pour une apparition. »

Il n'y avait pas beaucoup de monde au café du Théâtre.

« Tu es plus belle que jamais. » Kristian l'aida à enlever son manteau. Uni sourit, reconnaissante. Elle avait peur de paraître trop pâle dans sa robe violette. Et ses paupières étaient encore rouges de larmes d'émotion.

Elle prit tendrement la main de Kristian.

« Et toi, tu es devenu un homme. »

Il sourit gravement.

« Nous sommes enfin devenus des grandes personnes, tous les deux.

– Ne parlons plus de cela. »

« Non, Kristian, je ne veux pas de champagne. Tu es fou, mon chéri !

– Si, si, du champagne. Tu m'as toujours dit : quand je suis élégamment vêtue, j'adore boire du champagne ! »

Uni enleva ses longs gants blancs.

« Kristian, j'espère que c'est la dernière fois que nous nous fiançons. »

La représentation du Théâtre national venait de se terminer. De nombreux spectateurs entrèrent dans le café. Uni saluait de temps en temps, mais voyait les visages défiler devant elle comme dans un brouillard.

« Veux-tu me redonner ma bague, Uni ? »

Elle acquiesça d'un mouvement de tête.

« Tu ne me questionnes pas, Kristian ? » Il fit signe que non, tout en levant vers elle un regard rempli de solennité :

« Puisque tu reviens vers moi volontairement… D'ailleurs je ne peux pas vivre sans toi.

– Kristian, souffla-t-elle tendrement, lorsque nous serons seuls, je te redonnerai ta bague, je me mettrai à genoux devant toi et je baiserai ta main. »

Kristian sourit, mais ses lèvres tremblèrent et il ferma ses paupières un instant :

« Allons, chérie, sois sage et ne fais pas l'enfant ! »

Ils repartirent à pas lents chez Uni. Accrochée au bras de Kristian, la jeune fille glissait ; la neige fraîchement tombée collait aux semelles et le vent impitoyable leur fouettait le visage de petits flocons.

« Monte avec moi, supplia Uni, pour que je te donne ta bague. »

Le feu s'était éteint et il faisait très froid dans la chambre.

La lueur glauque des réverbères se reflétait sur les vitres couvertes de givre. Uni cherchait des allumettes… Il n'y avait plus de pétrole dans la lampe. Elle alluma les bougies du piano, puis servit des raisins secs et du vin.

« Non, Uni, pas de vin. Il est très tard, tu sais.

– Je m'en fiche », répondit-elle en fouillant dans un tiroir de la commode.

Kristian vint vers elle et l'enlaça. Une odeur de parfums, de gants et de lingeries féminines montait du tiroir.

« Voici ta bague… » Elle la passa à son doigt. « *Skaal,* Kristian ! »

Elle s'assit à côté de lui, tout près, très près, dans un coin du divan.

« Sois gentil, Kristian, reste encore quelques minutes, j'ai peur de la solitude maintenant… Si tu savais comme j'ai été seule… »

Il nicha son visage dans le cou d'Uni, et la tint fermement enlacée. Son cher petit corps adoré…

« Ma toute petite Uni, je ne désire ardemment qu'une seule chose : ne jamais te quitter. »

*

Lorsqu'elle l'embrassa pour la dernière fois, lui glissant sa clef dans la main, elle lui dit, souriant anxieusement :

« Il ne faut rien regretter, Kristian ! »

Il marchait lentement. Le vent lui pinçait le visage, les petits flocons de neige l'aveuglaient. Mais il ne sentait rien. Les rues étaient désertes, plongées dans le silence.

Non, pas de remords… Dans son poing serré il sentait la clef d'Uni.

La pauvre chérie… peut-être pleurait-elle maintenant qu'elle était seule… sa petite chambre froide qu'elle avait voulu décorer « artistiquement »… peut-être dormait-elle à présent… Lui-même ne désirait que cela, le sommeil. Allait-il se repentir ? Mais non… À midi, encore aujourd'hui, il ne se serait jamais douté de ce qui allait arriver…

Mais tout de même, il aurait préféré que cela se passe autrement… Et pourtant, il était heureux… Regretter, ce serait bête. Ils étaient jeunes, s'aimaient, ne devaient rendre compte de leurs actes à personne… Malgré lui, son cœur se serrait en pensant à la pauvre chambre froide, aux caresses fiévreuses, angoissées et à son petit corps fragile…

5

Uni remontait lentement dans la rue Aker, s'arrêtant de temps en temps pour lorgner avec envie les tramways et les voitures. Mais il fallait qu'elle marche, elle n'était sortie que pour se donner de l'exercice. Le temps n'était pas engageant : brouillard humide, neige fondue ; un crépuscule de novembre morne et désespérant, la lumière jaunâtre des réverbères éclairant misérablement la rue boueuse. En l'apercevant, Torbjørg Bakke se précipita vers elle :

« Mon Dieu, Uni, comment vas-tu ? Mais que fabriques-tu toute la sainte journée ? Tu devrais avoir honte de n'être pas venue voir la nouvelle pièce ! Demande des places pour ce soir et amène ton mari. Clara Clameraria n'est pas mal, tu sais. Je ne veux pas te parler de moi-même… »

Enfin, elle repartit. C'était absurde, mais Uni se sentait très gênée lorsqu'elle rencontrait des amis : elle attendait l'enfant pour mars et se voyait difforme.

Elle s'arrêtait devant les magasins, regardant les vêtements pour bébés : de charmantes petites robes de laine blanche. Ce devait être amusant d'avoir une petite fille pour la parer, la choyer. À vrai dire, sa joie de devenir mère n'était pas très grande… Dans quelques années peut-être, mais pour le moment… Enfin elle changerait sûrement d'avis. Elle le répétait à Kristian : elle se sentait pessimiste parce qu'elle était souffrante.

Elle s'arrêta de nouveau devant une vitrine où étaient exposées diverses étoffes. Elle avait besoin de blouses, de peignoirs. Bah ! il lui fallait tant de choses.

Elle regarda sa montre. Elle ne se promenait que depuis une heure. Elle décida d'entrer dans le cimetière, encore plus sale et plus triste que la rue. Elle fit halte quelques instants devant la tombe de Charlotte Hedels. Les couronnes étaient fanées, les roses et les chrysanthèmes en putréfaction n'étaient plus que des taches noirâtres et humides. D'ailleurs il y avait peu de fleurs.

… On l'avait trouvée, en septembre, dans un marais de Nordmarka. Elle s'était tuée d'un coup de revolver. Kristian n'avait pas permis à Uni de la voir morte, mais ils avaient assisté à son enterrement. Le chagrin d'Ellen était poignant. Elle était effondrée, pleurant silencieusement, secouée par des sanglots étouffés. Uni n'avait rien su lui dire. Que savait-elle des souffrances secrètes d'Ellen Hedels ? Kristian et elle se trouvaient derrière Hedvig et son mari. Hedvig pleurait à chaudes larmes comme une enfant inconsolable, mais elle avait voulu qu'on chante certains psaumes que Charlotte, de son vivant, trouvait d'une beauté céleste.

Depuis ses nouvelles fiançailles avec Kristian, Uni avait peu vu Charlotte. Mme Hedels était morte peu après, et certes Charlotte avait dû en concevoir beaucoup de chagrin, encore qu'Uni n'en eût jamais bien pris la mesure. Pour son mariage, Charlotte lui avait fait beaucoup de cadeaux : une table à ouvrage, une chaise d'osier, des tableaux, des broderies et de belles fleurs, puis elle l'avait aidée à ranger leurs quelques meubles dans les grandes pièces du nouvel appartement. À plusieurs reprises, Charlotte lui avait dit son désir de quitter la ville, peut-être pensait-elle déjà à ce qu'elle allait faire, à ce qu'elle avait fait maintenant…

Les Hjelde demeuraient dans une rue proche du cimetière. Bien qu'y habitant depuis trois mois, Uni avait toujours le sentiment de vivre dans une ville étrangère. Elle ne s'y plaisait pas. Le soleil n'y pénétrait que rarement, et seulement dans la chambre à coucher. Les autres pièces lui donnaient l'impression d'une nuit éternelle. Les maisons étaient sales, tout le quartier avait un air de pauvreté. Il semblait à Uni qu'elle était épiée de partout par ces yeux qu'elle devinait dissimulés derrière les rideaux bon marché ornant les interminables et monotones rangées de fenêtres. Sinistres aussi les petits magasins sans aucun luxe, étouffés par les maisons semblables à de vieilles casernes, les fleurs dans les jardinières bariolées et les pots de porcelaine blanche ébréchés. Le soir, lorsque les suspensions s'allumaient, on pouvait voir partout le même buffet en noyer, la même théière en métal argenté et les inévitables compotiers en verre rouge vif.

On avait l'impression d'un petit village aux maisons en bois, enfermé dans des casiers tapissés de papier gris-vert et maintenant sans aucun charme. Toutes ces habitations étaient louées et sous-louées et le matin on voyait en sortir quantité d'hommes, jeunes, pâles, quelconques – de petits employés – qui se rendaient à leur bureau.

Près de la maison s'élevait une vieille villa en bois entourée de quelques arbres. Un beau jardin avait dû exister dans le temps, mais on avait construit tout autour et il ne restait qu'un petit coin de verdure pelé, un terrain d'argile piétiné, et des troncs d'arbres abîmés par les enfants qui y grimpaient toute la journée. Kristian, lui, trouvait charmant ce petit jardin ; Uni, seule, assise à la fenêtre toute la matinée, contemplait tristement les arbres décharnés, leurs branches nues, et les deux lilas qui gardaient encore leurs feuilles vertes.

Il faisait sombre et froid dans l'appartement. La bonne était sortie. Uni s'installa dans un fauteuil, frissonnante malgré son châle, mais sans le moindre courage pour faire du feu ou enlever ses chaussures mouillées.

Quelqu'un sonna. Dieu soit loué, c'était Birgit.

« Oh, ma petite Birgit, sois gentille et prépare-nous un feu. Si tu veux bien mettre le réchaud en route, nous prendrons le thé. Quel sale temps, n'est-ce pas ? Tiens, tu n'as pas eu assez de dentelle ? » Uni avait ouvert le paquet contenant de petites chemises et des bavoirs.

« Je n'ai pas pu faire plus aujourd'hui, Uni, mais tu auras le reste samedi.

– Tu es vraiment trop adorable. Est-ce que tu finis à deux heures samedi ? Alors tu dîneras avec nous et tu pourras m'aider un peu à coudre à la machine, moi je ne peux plus rien faire… Birgit, qu'est-ce que tu as ? Que t'arrive-t-il ? »

Birgit, non sans mal, avait réussi à allumer le feu et restait accroupie devant la cheminée, le regard perdu, fixé sur les flammes.

« Uni… c'est fini entre Haakon et moi…

– Ma petite Birgit… » Uni vint à elle et lui mit la main sur l'épaule. Birgit se mit à pleurer doucement.

« Tout s'arrangera, voyons… »

Birgit se leva et alla s'asseoir à la table.

« Non, hélas, ça ne s'arrangera pas. Il en aime une autre. »

La tête contre la table, elle pleurait.

Uni, debout, la contemplait sans savoir quoi faire. Y avait-il au monde quelque chose de plus navrant que ces larmes désespérées ? Non, ni sa propre douleur, ni même la mort de Charlotte… Birgit pleurait silencieusement, elle ne se révoltait pas, car il n'y avait pour elle plus d'espoir. Ses projets d'avenir s'étaient rompus en même temps que sa liaison avec le lieutenant Gurstad. Sa vie était terminée.

Uni aurait voulu l'embrasser, la consoler, mais que dire ? Que c'était inutile de pleurer, que cet homme n'en valait pas la peine, qu'elle était jeune et qu'elle avait la vie devant elle, que, bonne comme elle était, elle méritait et aurait tout le bonheur imaginable ? Non, cela n'était pas vrai, être bonne ne servait à rien qu'à souffrir…

Elle enlaça Birgit, mais elle se sentait presque intimidée et se contenta de lui caresser les cheveux en répétant tendrement : « Bildit, ma chère petite Bildit…

– Tu sais, je m'en doutais depuis longtemps. Déjà à sa sortie de l'École militaire il n'avait pas voulu rendre nos fiançailles officielles… Mais, au fond de moi-même, j'espérais toujours qu'il ne romprait pas… et pourtant je me disais : tu ne l'épouseras jamais, tu n'es rien pour Haakon, il ne t'aime pas. Et elle est si gentille, elle, Ragnhild Hevne – tu sais, cette belle jeune fille, dont les parents sont riches et qui ont cette magnifique maison dans la rue de Heftye…

– Ah ! alors…

– Non, Uni, tu ne dois pas croire cela. Haakon n'est pas un homme qui se vend, mais elle est si gentille. Et puis elle fréquentait un monde où je ne pouvais aller et c'est elle qui le poursuivait… J'aurais dû lui dire tout de suite, je n'en ai pas eu le courage, et je faisais tout ce que je pouvais pour le garder, le reconquérir. Je voyais bien que je perdais mon temps, mais j'essayais par tous les moyens. Avant-hier, j'ai reçu une lettre de lui, alors je suis allée le voir et… »

Elles entendirent Kristian tourner la clef dans la serrure.

« Je m'en vais, Uni ?

– Non, Birgit, pas question, je ne te laisserai pas partir. »

Kristian entra : « Bonsoir, ma chérie. Tiens tu es là, Birgit ? Bonsoir !

– Il faut que je m'en aille.

– Mais non, reste avec nous. J'ai apporté des écrevisses », et Kristian montra triomphalement un petit paquet. « Mais pourquoi restez-vous ainsi dans l'obscurité ? » Uni voulut l'arrêter, mais il avait déjà pris une allumette et allumé la lampe. Il vit les deux visages rougis par les larmes et demeura figé, stupéfait, la main sur l'abat-jour. Uni lui fit comprendre d'un signe qu'il ne devait rien dire. Birgit prit congé. Dans l'antichambre, Uni l'embrassa gauchement.

« Mais je ne peux pas te laisser partir dans cet état, dit-elle soudain. Dors ici cette nuit. Kristian couchera dans la salle à manger. »

Birgit secoua la tête : elle préférait partir, elle n'avait d'ailleurs pas le courage de parler à Kristian, de lui expliquer…

« Mais nous irons dans ma chambre et, s'il vient, je le renverrai. Il ne te verra même pas… Non, je ne veux pas te quitter. Tu ne peux pas rester seule à passer la nuit à pleurer.

– Ah ! Uni, si je n'avais pas cet emploi, je serais allée à la maison, embrasser maman… Les autres aussi, mais surtout maman. Dire que j'étais si heureuse de cette nouvelle situation, que je mettais de l'argent de côté pour mon mariage… » Elle fondit de nouveau en larmes. Uni, sans hésiter, mit son manteau, son chapeau et partit avec Birgit.

À son retour, Kristian très inquiet se précipita vers elle. Avant même d'enlever son chapeau, Uni lui raconta tout. Kristian fut pris d'une violente colère contre Haakon. Quelle canaille ! Être fiancé pendant de longues années avec une jeune fille, se promener tous les jours avec une autre pendant plus d'un an – en profitant pour ce faire des heures de bureau de Birgit. Quel hypocrite, quel voyou !

Mais il fallait bien dîner. La seule odeur des écrevisses rendit Uni malade. « Enfin, chérie, s'étonna Kristian, il n'y a pas huit jours que tu m'as dit avoir une folle envie d'écrevisses ! Il faut que tu te forces à manger, cela ne peut pas continuer… »

Assise à sa table de toilette, Uni dénouait ses cheveux. Mon Dieu ! De quoi avait-elle l'air avec son visage pointu comme celui d'une sorcière, son teint plombé… Souvent, maintenant, lorsqu'elle réfléchissait profondément, elle était saisie d'une peur folle. Parfois, elle se surprenait à vouloir mourir avant d'accoucher…

Kristian entra, vint vers elle et, prenant ses cheveux dans sa main, lui dit : « Tu pleures, ma chérie ? » Elle lui mit ses bras autour du cou et l'attira vers elle pour cacher son visage contre sa poitrine. « Uni, ma petite femme adorée, pourquoi pleures-tu ? Ce n'est pas seulement à cause de Birgit… Je suis si malheureux de te voir ainsi. Comment te consoler ?

– Mais si, c'est surtout Birgit. Sais-tu ce qu'elle m'a dit lorsque je l'ai accompagnée : "Je voudrais ne jamais être venue au monde." » Elle mit la main de Kristian sous ses seins. « Crois-tu que notre enfant parlera ainsi un jour ? »

Kristian serra passionnément les mains d'Uni. « Je ne sais pas, chérie. Je crois que tous les humains ont désiré parfois mourir. Mais la vie est si belle... Te souviens-tu, à la Pentecôte ?...

– Oh ! oui, quel beau jour... À propos, je ne crois pas t'avoir raconté ce que m'a dit tante Bendikte lorsque je lui ai annoncé notre mariage...

– Diable ! A-t-elle donc dit quelque chose de remarquable ?

– Écoute... Elle m'a dit tout d'abord : "Tu vas avoir un enfant, Uni." Voyons, Kristian, ne fais pas une tête pareille : tu penses bien que, si elle n'y avait pas compté, elle ne m'aurait pas fait cadeau d'une machine à coudre. Oh ! elle est très bonne, tante Bendikte, tu ne sais pas à quel point ! Non, tais-toi, j'arrive justement au mot d'esprit : "Ah ! a-t-elle continué, ma petite Uni, ce n'est pas le pire qui pourrait t'arriver. Tu deviendras certainement une très brave femme maintenant que tu t'occupes de choses sérieuses – ce que tu n'as jamais fait jusqu'ici, il faut bien le dire !" »

Kristian s'agenouilla devant son épouse : « Uni, Uni !... »

Le corps tremblant, agité de spasmes, elle pleurait et riait nerveusement tour à tour, sans savoir pourquoi.

Uni, inerte dans le lit, laissa la garde-malade boutonner sa chemise de nuit et mettre l'enfant dans le berceau.

« Essayez de dormir un peu, madame, je vais fermer les rideaux.

– Non, laissez, je dormirai quand même. »

Uni se tourna vers la fenêtre. Les rayons de soleil s'éloignaient, mais la cour baignait dans la lumière. Un vent assez fort s'était élevé et les gouttes d'eau décrivaient une courbe en passant devant la fenêtre. Uni pensait avec nostalgie à la douceur du vent printanier…

Elle avait beaucoup de fleurs : des bouquets d'anémones fragiles et incolores entourés de mousse, des tulipes d'un rouge vif et des narcisses se dressant fièrement entre quelques branches de tilleul. C'est Birgit qui lui avait apporté la plupart de ces fleurs.

Elle venait presque tous les jours. Il y avait quelque chose de poignant dans l'intérêt que Birgit lui portait, ainsi qu'à son enfant. Déjà, avant la naissance, tous ces petits vêtements qu'elle avait brodés, son plaisir de voir la petite… Mais derrière ces manifestations extérieures se dissimulait une profonde tristesse.

Comme si elle s'était résignée à ne pas avoir de bonheur, elle paraissait prête, à vingt-trois ans, à se satisfaire humblement du bonheur des autres, à travailler pour eux, à aimer leurs enfants… Elle qui avait mérité mille fois plus qu'Uni d'avoir un foyer et des enfants à chérir…

Uni se sentait mal à l'aise d'entendre Birgit dire à l'enfant : « Souris à tante Birgit… » Non, jamais elle ne pourrait se décider à appeler la petite Birgit : « tante » Birgit.

Un moineau vint à la fenêtre se poser sur la gerbe de Noël blanchie et fanée par le soleil ; un autre suivit, puis toute une tribu, retournant les épis et poussant des piaillements aigus.

Ces moineaux et la gerbe de Noël réveillèrent un souvenir dans la mémoire d'Uni. Oui, c'était justement le jour où elle avait dû se mettre au lit… Elle était descendue faire quelques commissions et elle avait regardé, amusée, quelques moineaux en train de dépouiller une gerbe…

Lorsqu'elle se réveilla, il faisait nuit, la lampe était allumée dans la salle à manger.

« Kristian !

– Ma chérie ! Tu as bien dormi, tu sais. Veux-tu de la lumière ? Comment te sens-tu ? Si tu veux dîner, je vais appeler la garde-malade. »

La chambre prit un air de fête lorsque la lumière éclaira toutes les fleurs.

« Oh ! Quelles belles roses ! C'est toi qui me les as apportées ? »

Kristian, assis sur le bord du lit, l'embrassa. « Tu dois avoir faim, ma jolie Uni.

– Non, je vais encore attendre un peu. Est-ce que tu retournes au bureau ?

– Hélas, oui, je suis bien obligé…

– Demain, je vais me lever. Quelle chance que ce soit un dimanche ! Tu resteras toute la journée avec nous. Il faudra que tu m'aides à marcher, j'ai peur d'avoir oublié…

– Dieu soit loué si tu peux déjà te lever.

– Et puis mon visage n'est presque plus jaune. Mon Dieu, que je suis heureuse de redevenir belle ! »

Kristian la caressa tendrement.

« Je t'aime, Uni.

– Pauvre ami, tu vas être content de me voir debout. Je ne peux m'occuper de rien dans mon lit…

– Bah ! il ne me manque rien, tu sais. » Uni sourit et, câline, lui caressa la main.

« Voyons, Kristian, fais-moi plaisir et dis-moi que tout est en désordre dans la maison, qu'on ne te nourrit pas et que tes chaussettes sont trouées. Passe-moi notre bébé, chéri.

– Tout à l'heure. Il faut lui donner son biberon maintenant.

– Donne-la-moi quand même, pour quelques minutes seulement. »

Kristian prit l'enfant enveloppée dans ses langes. Il la maniait déjà avec une certaine habileté.

« Mme Clausen n'allaite pas son enfant elle-même mais elle lui donne du Mellin's Food et il se porte très bien, du moins c'est ce que Clausen m'a affirmé. »

Uni prit les petites mains de l'enfant qui sortaient, rouges et toutes ridées, des manches trop larges. C'était un petit enfant chétif et maigre, les veines formaient un tissu violacé sous la peau.

« Kristian… je pense à maman, vois-tu. Comme elle a dû m'aimer… »

Kristian se pencha vers sa femme et l'enfant.

« Et moi, je pense à l'immense amour que j'ai pour vous deux.

– Kristian, si l'on me disait : pour conserver ton enfant il faut subir de nouveau les mêmes souffrances, eh bien, j'accepterais sans aucune crainte… »

Kristian était parti au bureau. Uni avait la main posée sur la tête douce de l'enfant et ses dernières paroles lui semblaient encore résonner dans la pièce. Ah, certes elle n'hésiterait pas… Quelquefois elle croyait que son cœur allait se briser, sauter hors de sa poitrine, tant elle aimait Kristian et leur enfant.

Ah, comment pourrait-elle lui montrer son amour ? Il lui arrivait souvent de vouloir faire des choses impossibles, de tendre ses nerfs à l'extrême, parce qu'elle ne pouvait se débarrasser du sentiment qu'il l'aimait plus qu'elle ne l'aimait, plus qu'elle ne le méritait. Elle se tourmentait de ne pouvoir lui donner autant qu'elle recevait. Avec quelle joie elle se sacrifierait…

Elle avait été si désagréable avec lui tout l'hiver, s'imaginant que, s'il parlait tant de l'enfant et du bonheur qu'il lui apporterait, c'était qu'il se sentait sûr, désormais, de l'avoir toute à lui, certain qu'elle ne penserait plus à autre chose qu'à lui et à leur enfant. Comment avait-elle pu croire une chose pareille !

… Pourtant, son dernier rôle avait été particulièrement réussi. Cela venait peut-être de son état physique particulier ou de la vie qu'elle avait menée le printemps et l'été précédents. En tout cas elle avait donné libre cours à tous ses sentiments. Mais ce succès, temporaire, ne la classait pas définitivement parmi les étoiles…

Elle se sentait quand même très triste d'être obligée d'abandonner le théâtre. Kristian lui-même avait été désolé pour elle. Que tout cela lui avait semblé loin... jusqu'au jour où Torbjørg était venue voir l'enfant en lui confirmant que son dernier succès était l'objet de nombreuses conversations et que, aussitôt rétablie, elle devait absolument retourner au théâtre. Puis Kristian à son tour, avait abordé le sujet : le théâtre, c'était sa vie à elle, il ne voulait pas être un obstacle à sa carrière. Finalement il l'avait suppliée : « Fais-le pour moi, Uni ! »

Non, elle ne pouvait pas. Oui, elle était convaincue que Kristian ne l'empêcherait jamais de suivre son chemin. Mais c'était impossible. Elle ne pouvait faire du théâtre et rester pour Kristian ce qu'elle devait être, une épouse attentive et dévouée.

Si encore elle avait été absolument sûre de son talent...

Non, décidément... Elle s'était jetée dans les bras de Kristian avec l'espoir que les caresses, que les baisers ardents de son époux étoufferaient cette puissante nostalgie des planches qui la torturait. Toute sa vie, elle le savait, il y aurait quelque chose en elle qui voudrait s'enfuir..., quelque chose d'intime et d'indéfinissable qui ne servirait jamais à rien dans la maison de Kristian Hjelde.

Mais cela, jamais personne ne le saurait...

Elle installa sa petite fille tout près d'elle.

« Toi non plus, tu ne le sauras jamais, jamais, ma petite Nora... »

SIMONSEN

Simonsen s'arrêta sous la porte cochère, tira de sa poche son vieux portefeuille graisseux et s'apprêta à y glisser le certificat qu'il tenait à la main. Mais auparavant il déplia le papier sale et le lut de bout en bout, bien qu'il le sût par cœur :

« Anton Simonsen a été employé comme garçon de magasin dans notre maison pendant trois ans.

Durant ce temps il s'est montré sobre, travailleur, et plein de bonne volonté.

Pour la fabrique de machines Herkules,

N. Nielsen. »

Ah ! fichtre non, ce certificat ne lui servirait pas à grand-chose. Bon Dieu, c'était un sale tour du chef de bureau. Pourtant, ça ne le gênait guère, celui-là, de raconter des blagues aux clients pour les dates de livraison et tout le reste… Mais donner un certificat qui permette à un pauvre bougre de trouver du travail, ça, pas de danger ! « Je ne peux tout de même pas mettre que vous vous êtes acquitté de votre tâche à notre entière satisfaction », qu'il avait dit, l'esbroufeur ! En tout cas « sobre », il avait bien fallu malgré tout qu'il le mette sur le certificat. Ça n'y était pas d'abord. Mais lui, Simonsen, il avait exigé de l'avoir.

Hé ! « Moi, je trouve que vous sentiez la boisson à tout moment, Simonsen », avait dit le chef de bureau. Mais alors, Simonsen lui avait dit son fait : « Je m'offre une goutte par-ci par-là, chef de bureau, qu'il avait répondu, et je pense que vous en feriez tout autant, vous aussi, si vous deviez passer votre journée en bas, à fourrager dans le magasin glacé. Mais personne ne peut aller raconter que Simonsen ait jamais été soûl à son travail. Pas même une seule fois je n'ai été ce qu'on peut appeler éméché. » Alors il avait été forcé de se rendre, le poseur, et la dame avait bel et bien récrit le certificat, avec « sobre » dessus. Enfin, il le tenait, vaille que vaille ! Ce n'était pas brillant, mais c'était encore ce qu'il avait de mieux à présenter.

« Attention, là ! Bougre d'empaillé ! »

D'un bond de côté, Simonsen se rangea contre le mur. Un chariot de poutrelles tournait dans un bruit de ferraille à l'entrée du porche. Une sorte de vapeur montait des dos trempés des chevaux. Les bêtes donnaient un énorme coup de collier pour faire franchir au traîneau le seuil pavé de la porte. Le charretier cria encore quelque chose, mais Simonsen ne put l'entendre, car le cri se noya dans le vacarme des poutrelles entrechoquées.

Il mit le certificat dans son portefeuille, qu'il fourra dans sa poche, en jetant un regard sans bienveillance vers le traîneau arrêté dans la cour, près du magasin. Avec ses roues et ses chaînes, la grue surgissait comme d'une gueule sombre ouverte dans le mur rouge brique aux fenêtres grillées. Les poils agglutinés des chevaux formaient de petites mèches givrées et fumantes. Le charretier n'avait pas mis de couverture à ses bêtes. Il était en train de causer avec un autre gars.

Simonsen boutonna son paletot d'hiver presque neuf et se redressa. Il sentit monter en lui un sentiment de dignité bourgeoise : il occupait tout de même un certain rang dans la société et voilà qu'un propre-à-rien de charretier se permettait de l'engueuler ! À la conscience de sa valeur se mêlait aussi un autre sentiment. Quelque chose s'était ému en lui à la vue des deux chevaux en plein effort avec leurs muscles tendus au bas des reins couverts de sueur.

Il entra dans la cour.

« Me semble que tu aurais dû mettre la couverture sur tes chevaux. Ça n'a pas de sens de laisser des bêtes dans un froid pareil, trempées de sueur comme elles sont. »

Le charretier se tourna et le toisa de tout son haut :

« Ça te regarde, toi, bouffi ?

– Comment crois-tu que ça ferait dans le tableau si je montais au bureau raconter comment tu traites leurs chevaux ?

– Tâche voir de te tirer des pieds, et un peu vite… Qu'est-ce que ça te regarde… T'as pas besoin de t'en faire ! » Le charretier avança d'un pas vers Simonsen.

Simonsen recula un peu, puis se rassura : le gars n'oserait rien lui faire ici dans la cour. Bombant le torse, il lança :

« Je voulais tout simplement te faire remarquer que des fenêtres du bureau, ils peuvent voir comment tu soignes les chevaux de la maison. »

Là-dessus il fit demi-tour. Mais sa belle assurance tomba d'un coup. Tandis qu'il franchissait la porte, un monsieur qui descendait l'escalier en courant passa devant lui. Un monsieur en bonnet de loutre et en pelisse, avec une canne noire à pommeau d'argent – rouge et blanc et blond –, celui-là même à qui il avait parlé quand il avait sollicité la place.

Dehors, il commençait à faire sombre. Bientôt quatre heures. Olga allait sûrement ronchonner en le voyant rentrer si tard pour le dîner. Ah bah ! Il lui raconterait qu'il avait été retenu tout ce temps-là au magasin.

Simonsen enfila vivement la rue du Marché. Le pas un peu traînant, avec sa bedaine ronde et ses courts bras en cerceau, il rappelait vaguement une balle de caoutchouc qui avance par courts rebonds. Il était petit, presque sans cou, le visage gros et boursouflé avec des yeux pleins d'eau, enfoncés sous des paupières tombantes, des joues couperosées et un bout de nez bleuâtre au-dessus d'une moustache hérissée, d'un gris jaune.

C'était un triste après-midi de samedi, au début de décembre, dans l'air épais et gris d'un brouillard qui avait l'odeur et le goût du gaz et de la suie. Dans la rue, les traîneaux cahotaient sur la couche de neige gelée, défoncée et pleine de trous, et sur le trottoir le flot des passants s'écoulait, noir et lourd, devant les vitrines éclairées et couvertes de givre. À tout instant, quelqu'un se cognait dans Simonsen et lui lançait des regards furieux, parce qu'il s'en allait à la dérive, perdu dans ses pensées.

Oh ! ce n'étaient pas de grandes pensées qui l'agitaient. Car il repoussait l'idée… Bah ! il trouverait toujours bien quelque chose. Et puis il n'avait pas besoin de dire à Olga qu'on avait fini par le congédier… pour le Nouvel An. Aïe ! la vie était une vraie lutte.

Ça ne pressait pas tant : d'ici le Nouvel An, il lui restait la majeure partie du mois. Et puis, en cas d'accroc, il n'aurait qu'à écrire à Sigurd. Sigurd pourrait sûrement lui procurer encore une place. Ce n'était pas trop demander à un fils si bien casé dans les affaires. Ce ne serait pas amusant, car ça ferait la quatrième fois… Mais en huit ans… Il y aurait exactement huit ans au Nouvel An que Sigurd l'avait fait entrer au bureau parce que sa grande dame de belle-fille, la rosse, ne le trouvait pas assez bon pour le garder à se rouler les pouces chez eux à Fredriksstad. Embêtant qu'il ait été chassé de ces trois places… mais pas sa faute. Au bureau, c'étaient les dames qui l'avaient dénigré, les pimbêches, comme si ça les regardait comment il se conduisait au-dehors, du moment qu'il faisait son travail. Et pour ça, il l'avait fait. Et pourtant, elles, il ne les avait pas serrées de trop près… il le garantissait… il aurait fallu en avoir envie… Ces donzelles prétentieuses, fadasses et tout en os ! Après, au magasin de bois, il s'était montré convenable et bien sous tous les rapports, car c'était justement à ce moment-là qu'il s'était installé chez Olga. Sans doute il n'était pas habitué à ce genre de travail… Mais sans la méchanceté du contremaître, il n'aurait pas perdu cette place. Et puis il était entré à la fabrique de machines. Je vous demande un peu si c'était bon pour un homme qui approchait de la soixantaine d'avoir à faire son apprentissage et se mettre au courant de tous ces trucs bizarres dont il ne connaissait pas le premier mot… S'occuper de l'expédition et de l'emballage, des bulletins de livraison et tout le fourbi… Le chef magasinier était un feignant, et toujours c'était sur son dos *à lui* qu'on mettait la faute… Et tous ils avaient été méchants avec lui, depuis le directeur et le chef de bureau – qui venait à tout bout de champ fouiner, lui rappeler qu'il était engagé à titre provisoire et demander s'il n'avait pas une place en vue – jusqu'au chef du magasin, aux contremaîtres, aux charretiers… et à la caissière… qui se montrait si revêche, aigre, furieuse et déplaisante chaque fois qu'il montait lui demander une avance.

Tout cela s'amassait dans son cerveau… en un brouillard gris et cotonneux, un brouillard d'inquiétude et de découragement… Olga qui allait ronchonner quand il rentrerait ; Sigurd et sa femme qui seraient désagréables au possible quand ils apprendraient qu'il était congédié. Encore un nouveau poste où il allait falloir débuter, un nouveau travail où sûrement il pataugerait, plein de crainte et sans une lueur de compréhension dans son cerveau trouble, un travail auquel il n'entendrait goutte et qu'il n'arriverait jamais à apprendre… dans un nouveau magasin, ou peut-être un nouveau bureau, bondé d'objets étrangers et hostiles… Il se voyait déjà courbant le dos sous les observations et les plaintes incessantes, attendant stupidement un nouveau renvoi… comme il avait pataugé et courbé le dos, lourd et vieux et bête, dans ses autres places.

Mais Simonsen avait tout de même un certain entraînement pour écarter les pensées ennuyeuses. Au fond il avait pataugé de la sorte durant toute son existence, courbé le dos et attendu son congé, et les gronderies et les rebuffades et les désagréments, comme on attend l'inévitable. C'était comme ça quand il naviguait, et c'était comme ça sur le port chez Isachsen, le consul… Et comme ça à la maison, avec sa femme, du temps qu'elle vivait, mécontente et aigre et sévère… Du reste, sa belle-fille ne manquait pas de points communs avec elle. Oh oui, il avait sûrement payé ça aussi, Sigurd, cette idée qu'il avait eue de se marier avec la fille du capitaine Myhre, distinguée et sans le sou. Ils avaient été si heureux à la maison pendant quelques années après la mort de Laura… Le garçon avait suivi le droit chemin, il avait été bon avec son vieux père et il avait payé régulièrement à sa place, et tout. Oh ! non qu'il ait été malheureux non plus les premières années ici, redevenu célibataire… la vie de garçon, goûter un peu de tout, plaisir et amusement… Et depuis qu'il avait rencontré Olga, au fond il avait la vie douce aussi… la plupart du temps au moins. Bon, les choses s'étaient un peu compliquées quand elle s'était trouvée enceinte… mais c'était assez excusable de la part d'Olga… et elle s'était calmée aussitôt qu'il lui avait promis le mariage. Par moments elle l'ennuyait bien un peu avec ça, qu'il devrait tenir sa promesse et se marier avec elle. Oh ! il avait bien l'intention de le faire un jour… Il l'aurait même fait depuis longtemps, s'il n'avait pas su d'avance tous les désagréments qu'il aurait avec Sigurd et sa femme. Mais il trouverait bien une fois un bon poste pas difficile, où il pourrait *rester*… Et le jour où Olga agrandirait son établissement de couture, et qu'Henry, le fils d'Olga, entrerait dans les bureaux de l'entreprise où, pour le moment, il faisait le coursier… car il en avait la promesse… il se conduisait si bien, le gamin. Alors ils pourraient avoir la vie douce et bonne, tous ensemble… Il pourrait s'installer tranquille sur le sofa avec son grog et sa pipe, et Olga trottinerait en faisant son ménage, tandis que Svanhild, assise auprès de lui, apprendrait sa leçon. Parce que Olga était une personne bien et comme il faut, elle, et il ne fallait pas qu'on puisse reprocher à Svanhild d'être une enfant illégitime… quand elle commencerait à aller à l'école.

Simonsen était arrivé en haut de la rue Ruseløkkveien. Le brouillard s'épandait, aigre et dense, striait de raies verdâtres les éclairages des petites boutiques aux vitres givrées. Et dans toutes, magasins de mercerie, de comestibles ou de tabac, on apercevait à travers le bout de vitre dégelé par un bec de gaz ou une lampe de petits paniers de décorations destinées à l'arbre de Noël. De l'autre côté de la rue, les vitrines illuminées du grand bazar laissaient couler dans le brouillard, en flaques huileuses, un éclat rougeâtre. Quant aux maisons bourgeoises, elles avaient totalement disparu, il n'en filtrait pas un filet de lumière. Néanmoins on les sentait comme un mur tout là-haut dans le brouillard. On aurait dit qu'elles opprimaient et enfonçaient la rue qui courait au-dessous comme un fossé.

Simonsen traînait des pieds… Le trottoir était traître là où la couche de glace n'avait pas été piochée. Des gosses jouaient dans l'ombre des portes cochères… Dans la rue, entre les voitures de livraison et les traîneaux, ils essayaient de glisser, pour peu qu'un traîneau eût laissé une ornière lisse dans la couche brune et bossuée de neige gelée.

« Svanhild ! » cria sévèrement Simonsen à une petite gamine portant un bonnet blanc tout sali. Elle avait grimpé sur la butte de neige amoncelée le long du trottoir et se laissait glisser dans la rue sur ses skis minuscules, noirs de neige sale et boueuse, et qui avaient presque complètement perdu leur courbure.

L'enfant s'arrêta au beau milieu de la chaussée et regarda Simonsen qui enjambait le tas de neige pour venir à elle. Son regard bleu ciel était plein de remords, tandis qu'elle relevait ses cheveux blonds sous son bonnet et de sa main gantée d'une moufle rouge essuyait le dessous de son petit nez.

« Combien de fois est-ce qu'on t'a défendu de courir dans la rue, Svanhild ! Pourquoi ne peux-tu pas être gentille et jouer dans la cour… »

Svanhild leva des yeux craintifs.

« Je ne peux pourtant pas aller à skis dans la cour… puisqu'il n'y a pas de pente…

– Et s'il venait une voiture qui t'écrase… ou un homme soûl qui t'emporte… Qu'est-ce que tu crois qu'ils diraient, papa et maman, hein ? »

Svanhild se taisait, confuse. Simonsen la hissa sur le trottoir et ils continuèrent à trottiner la main dans la main… tandis que les petits bouts des skis de l'enfant cliquetaient sur le trottoir balayé.

« Crois-tu que papa va aller se promener avec toi ce soir, alors que tu es une si vilaine petite fille désobéissante qui ne fait pas ce qu'on lui dit ?… Vous avez sans doute mangé, là-haut ?

– Ma maman, Henry et moi, on a mangé depuis longtemps, nous… »

Hem ! Simonsen pénétra sous la porte cochère.

Mme Olga Martinsen,
établissement de couture,
costumes d'enfants et garçonnets
3e étage dans la cour,

pouvait-on lire sur un panonceau de fer-blanc. Simonsen jeta un coup d'œil vers la fenêtre éclairée, dont des couvertures de journaux de mode ornaient la vitre. Puis il prit les skis de Svanhild sous son bras et guida l'enfant dans l'étroit escalier de service.

Devant la porte d'Olga, des gamins lisaient un cahier à la lueur d'une suspension. Simonsen grommela quelque chose et entra.

Il faisait sombre dans l'entrée, la pièce étant éclairée à l'autre bout par la porte vitrée du salon. Simonsen gagna sa chambre. Là aussi il faisait sombre… et froid. Bigre ! elle avait laissé s'éteindre le poêle. Il alluma la lampe.

« Fais un saut chez maman, Svanhild, et dis-lui que je suis rentré. »

Il ouvrit la porte de la pièce attenante. Penchée sur sa couture, Abrahamsen était assise à la table qui débordait d'étoffes coupées et bâties, et de chutes de doublures. Elle avait fixé un journal d'un seul côté de la lampe pour rabattre toute la lumière sur son petit visage jaune de vieille fille et ses mains brunes pareilles à des pattes de rat. L'acier des deux machines à coudre luisait vaguement et, contre la cloison, on apercevait les lits d'Olga et de Svanhild, avec leurs courtepointes blanches.

« Et vous trimez plus dur que jamais, mademoiselle Abrahamsen…

– Ah ! ma foi oui, il le faut bien… »

Svanhild revint du salon :

« Maman m'envoie dire qu'il y a à manger pour toi dans le four du poêle.

– Ah ! Eh bien, je vais m'asseoir ici, et on va s'arranger tous les deux, mademoiselle Abrahamsen ; il fait si froid chez moi, et puis j'aurai une agréable compagnie… »

Sans mot dire, Abrahamsen débarrassa un coin de la table, pendant que Simonsen allait chercher son souper : de la soupe aux choux et des saucisses.

« Hem ! C'est parfait. Mais si j'avais eu… »

Simonsen se leva et gratta à la porte du salon.

« Hé, Olga !… »

Il ouvrit et jeta un œil dans la pièce.

« Ah ! bonsoir, Simonsen. Comment allez-vous ?

– Mais je ne me trompe pas, c'est bien vous ! Alors, comme ça, vous allez encore avoir une nouvelle robe, mademoiselle Hellum ? »

La bouche pleine d'épingles, Olga drapait la robe et rectifiait les plis sur la poitrine de Mlle Hellum, devant la glace de la console.

« C'est bien mon idée... »

Olga prit la lampe sur l'étagère à côté d'elle et la leva.

« Oui-i. J'espère bien qu'elle ne fait pas de biais dans le dos, hein, madame Martinsen ? »

Les deux servantes qui, assises sur le canapé de peluche, attendaient dans la pénombre, déposèrent leur journal de mode, échangèrent un regard et un sourire avant de jeter un coup d'œil vers Mlle Hellum et d'échanger un nouveau sourire. « Doux Jésus ! » murmura l'une d'elles assez haut pour qu'on pût l'entendre. Elles étaient presque pareilles... avec leur jaquette demi-longue, une petite cravate de fourrure autour du cou et un chapeau de feutre avec une plume dessus. Simonsen demeura dans l'encadrement de la porte... Elles le gênaient un peu.

« Qu'est-ce que vous en pensez, vous, Simonsen ? Elle sera jolie, croyez-vous ?

– C'est étonnant comme cette couleur vous sied, mademoiselle Hellum... Mais tout sied aux belles, comme on dit...

– Voulez-vous vous taire ! » s'écria Mlle Hellum en riant.

Jolie fille, cette demoiselle Hellum… Olga échancrait le col de la robe tandis que Mlle Hellum courbait la nuque et se trémoussait un peu, car les ciseaux froids la chatouillaient… Elle avait une jolie nuque potelée sur laquelle les cheveux blonds frisés descendaient très bas… et des bras ronds et souples.

« C'est un tissu cher, ça, je pense », dit Simonsen, et il tâta la soie… et le bras pendant qu'Olga allait chercher la manche.

« Allons, Simonsen ! » protesta Mlle Hellum en éclatant à nouveau de rire.

Olga avait l'air furieux… elle le poussa de côté et enfila la manche.

« À propos, je voulais te dire… Olga, est-ce qu'Henry ne pourrait pas descendre emprunter deux bouteilles de bière…

– Henry a été forcé de retourner au bureau… C'était un devis qu'il fallait copier, qu'il a dit.

– Oh ! le pauvre, il a fallu encore qu'il y retourne… Il me semble que c'est quasiment tous les samedis après-midi. Ah ! oui, la vie est une lutte ! Il était près de quatre heures avant que j'aie pu quitter le magasin. Ah, quelle chance on a quand on est jeune et jolie, hein, mademoiselle Hellum ? »

Svanhild jeta un coup d'œil dans le salon.

« Viens ici, Svanhild. Tu te rappelles mon nom, aujourd'hui, n'est-ce pas ?

– Mademoiselle Hellum, dit Svanhild avec un sourire plein de modestie.

– Veux-tu des bonbons aujourd'hui, Svanhild ? »

Mlle Hellum alla fouiller dans son sac à main et en sortit un cornet de friandises.

« Eh bien ! qu'est-ce qu'on dit maintenant, Svanhild ? Donne gentiment la main… gentille révérence… »

Svanhild murmura merci, donna gentiment la main et fit la révérence. Puis elle se mit en devoir de séparer les bonbons agglutinés dans le papier.

Mlle Hellum se rhabilla en papotant et en riant.

« Bon ! Alors je l'essayerai terminée mardi, à la même heure. Mais vous ne me manquerez pas de parole, madame Martinsen, vous entendez ! Alors, adieu… Adieu, Simonsen… Adieu, Svanhild ! »

Galamment, Simonsen ouvrit la porte et Mlle Hellum sortit dans une envolée de plumes ondoyantes, son étole de rat musqué négligemment jetée pardessus l'épaule.

« Doux Jésus ! dit une des servantes sur le sofa, en ricanant, elle était bien belle, celle-là.

– Hé, hé ! C'en est une de la bonne société. »

Simonsen retourna auprès d'Abrahamsen et de son dîner qui avait refroidi. Olga entra un instant après, alla chercher le café et le lui versa.

« Je ne comprends pas, Anton… Trouves-tu que ça ait un sens de dire des bêtises comme ça… À quoi penses-tu… alors qu'il y a d'autres personnes présentes…

– Qu'est-ce que c'était donc que ces donzelles-là ?

– La bonne du pasteur là-haut sur la terrasse, et son amie… Je trouve que tu pourrais te contenter de faire des âneries avec moi sans aller te comporter de la sorte avec cette Hellum… Ça va leur faire une chose de plus à raconter, comme si elles n'en avaient pas déjà assez…

– Peuh ! Ça n'était pas bien méchant non plus… »

On sonna à l'entrée. Abrahamsen alla ouvrir.

« C'est Mlle Larsen. »

Olga posa sa tasse et prit sur le bras une robe faufilée.

« On n'a jamais la paix ! »

Abrahamsen se repencha sur sa couture.

*

Mme Martinsen et Abrahamsen passèrent tout leur dimanche à coudre. Elles attendirent pour déjeuner qu'il fit trop sombre pour travailler ; après quoi, Olga alluma la lampe et elles se remirent à la besogne.

« Le jabot pour Mlle Olsen, Abrahamsen, il me semble que vous étiez en train de le coudre tout à l'heure ? »

Abrahamsen faisait ronfler sa machine.

« Je l'ai posé sur la table. »

Olga chercha sur la table, puis par terre.

« Svanhild ! tu n'as pas vu un petit jabot blanc… en dentelle…

– Non », dit Svanhild qui jouait dans l'embrasure de la fenêtre. Elle s'approcha et se mit à chercher elle aussi, mais non sans avoir au préalable installé sa poupée sur le tabouret renversé qui lui servait de lit et l'avoir bien couverte.

« Astrid dort… Elle a la diphtérie et la scarlatine », protesta Svanhild, en voyant sa mère chercher dans les vêtements de la poupée. Mais, sans pitié, Olga sortit la malade du tabouret. Astrid était emmitouflée dans une dentelle blanche plissée, soigneusement fixée avec des épingles de sûreté.

« Ma parole, je crois que cette enfant est folle ! Et en plus, Dieu me pardonne, tu as fait un trou dedans avec une épingle… vilaine, méchante gamine… Tiens ! » Elle gifla Svanhild. « Mon Dieu ! qu'est-ce que je vais faire maintenant ? La dentelle de Mlle Olsen… une étoffe si chère.

– Je croyais que c'était un chiffon, moi, maman, hurla Svanhild en pleurant.

– Ne t'ai-je pas dit qu'il ne faut pas prendre ce qui traîne par terre. Oh ! que tu es vilaine et méchante ! »

Abrahamsen examinait le jabot.

« On pourrait défaire les plissés, repasser le jabot et le replisser de manière à faire venir l'accroc dans l'intérieur d'un pli… je crois que ça ne se verra pas. »

Svanhild continuait à pousser des cris d'orfraie. Simonsen entrouvrit la porte.

« Eh bien, qu'est-ce que c'est, Svanhild… des cris pareils, quand tu sais que papa fait la sieste ! »

Olga le mit au courant.

« Oh ! comme tu es devenue méchante, Svanhild ! Faire des niches pareilles à ta maman… ! Ce n'est plus ma Svanhild à moi, ça !

– Moi, je trouve que tu devrais sortir avec elle, Anton, ça ne te vaut rien non plus de rester toute la journée à dormir. »

Simonsen emmena l'enfant en la grondant un peu. Mais aussitôt arrivés dans l'entrée, il la consola tout en lui mettant son manteau.

« Ne crie plus maintenant... Que c'est vilain de crier... On va aller glisser dans le parc du château... Tu sais pourtant bien que c'était mal de faire ça... Allons, mouche ton nez ; papa et toi, on va aller glisser... Viens, ma Svanilla à moi. »

Par moments, Olga était vraiment trop sévère aussi avec Svanhild. Oh, ce n'est pas qu'il ne faut pas punir les enfants quand ils font quelque chose de mal... Mais Svanhild était d'une nature si sensible... Elle hoquetait sur la luge, derrière lui... Pauvre moucheron !

Le ciel était d'un bleu foncé presque violet, tout là-haut, par-dessus les tours et les flèches de la terrasse. Le temps s'était éclairci. Il ne restait qu'un mince brouillard de givre chargé de suie, en bas dans la rue, autour des réverbères, quand Simonsen entreprit de gravir la pente en traînant sa fille sur le petit traîneau.

Le spectacle était si beau là-haut dans le parc du château. À la lueur des réverbères, un épais givre blanc faisait étinceler arbres et buissons. Mais quelle foule de gosses de tous les côtés, glissant à skis ou en traîneau sur la moindre pente ! Dans la grande allée c'était un fourmillement. De vilains garnements, à cinq ou six sur une luge, dévalaient la pente glacée, dans les cris et les hurlements, en traînant derrière eux une gaule pareille à une longue queue de rat. Simonsen connaissait une jolie petite piste tranquille au milieu d'une pelouse, où ils avaient l'habitude d'aller glisser le soir, lui et Svanhild. Et c'était vraiment merveilleux pour Svanhild. Papa se tenait sur la crête et lui donnait de l'élan, et de sa petite voix grêle Svanhild criait : « Place ! » à tue-tête au point d'en faire éclater ses cordes vocales. Simonsen beuglait : « Place ! » bien qu'en dehors d'eux il n'y eût sur toute la pente que deux tout petits garçons en bottines de sport et bonnet de laine. Simonsen lia connaissance avec eux. Ils s'appelaient Alf et Johannes Hauge, et leur papa était chef de bureau et demeurait rue du Parc. Simonsen les poussait dans le dos, tous les trois… on va voir le traîneau qui file le plus vite… mais il poussait Svanhild plus fort, pour la faire gagner. Puis il descendait la pente en trottinant derrière les enfants et remontait Svanhild, parce qu'elle risquait de rester prisonnière si son pied avait passé à travers l'épaisse couche de neige glacée.

Au bout d'un moment, Svanhild commença à pleurnicher.

« Papa, j'ai si froid aux pieds…

– Il faut courir, alors, ma Svanhild, viens, nous allons remonter le chemin en courant. »

Svanhild courait en pleurant… elle avait trop mal aux doigts de pied.

« Allons ! Allons ! Il faut courir plus vite, beaucoup plus vite, Svanhild ! Fais voir si tu peux attraper papa. »

Simonsen bondit telle une balle de caoutchouc. Svanhild courut après lui de toutes ses forces et le rattrapa. Le jeu se poursuivit jusqu'à ce que, réchauffée, l'enfant se mit à rire aux éclats.

Mais alors il leur fut impossible de retrouver le traîneau. Simonsen monta et descendit la pente puis le chercha entre les buissons : en vain, il avait disparu. Alf et Johannes l'avaient bien vu là-bas, près du grand arbre sur le chemin, un moment avant, mais ils ne savaient rien de plus. Ah, et puis, oui, de méchants grands gamins étaient passés… C'est eux sans doute qui l'avaient pris.

Svanhild pleurait à fendre l'âme. Simonsen pensa à Olga. Aïe, elle allait être furieuse. Pareils vilains voyous, voler le misérable traîneau d'une petite fille pauvre… Comment des enfants pouvaient-ils être aussi méchants…

« Pleure pas, ma Svanhild… Nous allons bien finir par le retrouver ton traîneau, nous. »

Simonsen alla de pente en pente demander si on n'avait pas vu un petit traîneau peint en bleu. Svanhild, accrochée à la main de son père, le suivait en pleurant. Alf et Johannes les accompagnaient. Tous deux tenaient solidement la corde de leur traîneau et, les yeux écarquillés, ils répétaient à Simonsen toutes les horreurs qu'ils avaient entendu raconter sur les grands garnements qui volaient les traîneaux et lançaient de gros glaçons dans le parc du château.

Il fut impossible de trouver trace du traîneau. Et là-haut, dans la grande allée, ils se heurtèrent à une belle dame furieuse qui n'était autre que la gouvernante d'Alf et de Johannes, et qui les gronda parce qu'ils n'étaient pas déjà rentrés depuis une demi-heure : ils allaient en entendre de belles de papa et de maman.

Elle se moquait bien de savoir que la petite fille s'appelait Svanhild et qu'elle avait perdu son traîneau.

« Oui, c'est eux qui ont dû te prendre ton traîneau, Svanhild... Je crois que nous ne le reverrons pas, soupira Simonsen, découragé. Ne pleure pas comme ça, mon trésor. Papa te donnera un beau traîneau tout neuf pour Noël. Viens, nous allons aller rue Karl-Johan, regarder les boutiques. Elles sont si belles ce soir. Peut-être que nous verrons aussi un beau traîneau tout neuf pour toi », dit-il, histoire de la consoler.

Svanhild et son papa allèrent donc lécher les vitrines. Et quand ils arrivaient devant une vitrine où le flot des passants s'était enchevêtré en une grosse masse noire inamovible, Simonsen prenait l'enfant sur son dos et, en jouant des coudes et des épaules, ils parvenaient tout contre l'étalage éblouissant. Il y avait un arbre de Noël garni de guirlandes électriques sur les branches... et, oui, Svanhild aussi aurait un arbre le soir de Noël. On avait reconstitué dans un coin une soirée de Noël, une foule de poupées grandeur nature, des belles dames, belles, belles, comme serait Svanhild, quand elle serait grande. Et dans une boutique où l'on vendait des articles de voyage, il y avait un minuscule crocodile dans un tout petit bassin. Ils durent rester longtemps pour savoir s'il était vraiment vivant, et le voir enfin remuer un œil, juste un tout petit peu. Un petit crocodile comme ça, quand il deviendrait grand, il serait si énorme qu'il pourrait avaler d'une seule bouchée une Svanhild entière.

« Mais celui-là ne peut pas encore mordre, pas vrai ?

– Oh ! non, celui-là ne peut pas faire de mal. »

Là-haut, sur la place Ekertorv, il y avait un cinéma. Svanhild était allée au cinéma avec papa trois fois et il fallut raconter tout ce qu'ils y avaient vu : les deux petites filles qui étaient enlevées en automobile par les brigands, et le reste. Tout était oublié, le traîneau perdu, et maman qui pinçait les lèvres sur sa couture, tout était oublié, excepté que Svanhild était la fifille à son papa, et que c'était Noël dans dix-sept jours.

Il y avait un magasin de sport, avec des traîneaux, grands et petits, mais le plus beau de tous était rouge feu avec des roses peintes et un dossier en métal ; c'était celui-là que Svanhild recevrait à Noël, en cadeau de son papa.

Là-dessus, il fallait bien qu'on se mette quelque chose de chaud dans le ventre. Simonsen connaissait un gentil petit café. Il n'y avait personne, et la dame du comptoir n'était pas inaccessible aux propos galants de Simonsen qui lui fit la cour en prenant son café et des tartines, pendant que Svanhild mangeait un gâteau à la crème et buvait dans la tasse de papa.

« Faudra pas le dire à maman », recommanda Simonsen à l'enfant, en clignant de l'œil. Mais Svanhild prenait soin de ne rien raconter à maman quand elle et papa entraient quelque part, les soirs de promenade. Et Svanhild suçait un sucre d'orge, mais maman croyait que ça donnait des vers dans les dents aux petites filles. Et papa buvait quelque chose qui, d'après maman, lui donnait aussi des vers. Mais maman, elle, avait toujours tant à faire et ça la rendait si grincheuse, et papa aussi avait beaucoup à faire quand il était au magasin, et Henry aussi dans sa maison. Quand on est grand, il faut travailler terriblement, Svanhild savait ça.

Après le dimanche vinrent le lundi et puis cinq autres jours de semaine, de longs jours gris. Svanhild était assise par terre dans l'atelier de couture et jouait. Parce que papa rentrait si tard le soir maintenant, il n'avait pas le temps d'aller faire un tour avec elle, après. Papa aussi était grincheux, Svanhild l'avait remarqué. Était-ce parce qu'il avait tellement à faire au magasin, ou parce que maman avait tant d'ouvrage qu'elle trouvait à peine le temps de préparer le déjeuner, et n'arrivait à faire le dîner que très tard dans la soirée ? Et Henry aussi était grincheux car il venait des dames, pour essayer, dans le salon où il couchait, et il en venait jusqu'au milieu de la nuit, si bien qu'il ne pouvait pas se mettre au lit et dormir… Mais Svanhild se consolait parce qu'elle aurait un si beau traîneau à Noël.

Le 15 décembre, las de courir après son travail derrière des places où, en fin de compte, il n'était pas accepté, Anton Simonsen écrivit à son fils. De nouveau il envisagea l'avenir avec calme et de nouveau il eut le temps de sortir avec Svanhild le soir et de l'emmener dans le parc où ils parlaient du beau traîneau qu'elle allait avoir.

Mais le 18 au matin, juste comme Simonsen était en train de reclouer une caisse, le chef magasinier vint lui dire qu'on le demandait au téléphone : Sigurd, qui était en ville, priait son père de passer chez Augustin prendre le café… « Demande deux heures de liberté l'après-midi, pour qu'on puisse causer.

– Et comment va Mossa ? Et les petits ? »

Les enfants allaient bien, merci. Quant à Mossa, elle était avec lui en ville où elle avait divers achats à faire pour Noël.

« Je te rappelle, mon garçon, que je n'ai pas la possibilité ni le moyen d'obtenir même une heure de liberté d'ici Noël », dit Simonsen.

Sigurd l'assura qu'il en parlerait lui-même au directeur.

« Bon, bon, merci bien. Salue Mossa. »

Oui, on le reconnaissait bien là, s'indigna intérieurement Simonsen. L'inviter à déjeuner avec eux… pas de danger. Que le diable l'emporte s'il ne s'offrait pas de la bière et une goutte avant d'aller à cette corvée.

*

« Crois-tu que ça vaille la peine ? dit Mme Mossa Carling à son mari qui était en train de déboucher une bouteille de punch.

– Je trouve que nous pouvons tout de même bien offrir à père un verre de punch.

– Bon, bon, fais comme tu voudras, mon loup… »

Mme Mossa étala tous les doubles mentons dont elle disposait. Elle n'était pas belle. Ses paupières, du côté des tempes, étaient si épaisses que les petits yeux gris perçants semblaient fuir vers l'arête du nez ; le visage était gras et le teint frais, mais la bouche petite et pincée, avec des lèvres minces. Elle avait le buste étroit et grêle, tandis que le bas du corps était large et replet.

Elle était assise au beau milieu du sofa de peluche, sous le lustre électrique dont les trois lampes éclairaient magnifiquement la chambre d'hôtel : deux lits de fer, deux lavabos d'acajou, deux tables de nuit et l'armoire à glace, et les deux fauteuils devant la table avec un cendrier sur une serviette au milieu du tapis à franges.

On frappa timidement à la porte, et Simonsen franchit le seuil avec circonspection. Il serra les mains tendues :

« Bonjour, Sigurd, content de te revoir, mon garçon… Bonjour, bonjour, Mossa… Ça fait plaisir de te voir aussi… et toujours aussi jeune et jolie… »

Mossa sonna pour le café et le servit à la ronde, tandis que Sigurd emplissait les verres de punch.

Simonsen regardait en douce sa bru, qui restait muette et la bouche pincée, pendant qu'il parlait avec Sigurd. Lentement, avec mille détours, l'entretien serpentait vers ce qui en devait être le point capital.

« Tu nous permettras bien de fumer, Mossa chérie ! S'il te plaît, père, un cigare… Oui, alors, c'est au sujet de ce que tu m'as écrit. Je suis monté au bureau aujourd'hui et j'ai parlé à ton chef. Il est de mon avis, le directeur. Tu n'es pas à ta place, ici en ville… ce travail est trop rude pour un homme de ton âge, il le pense, lui aussi. D'ailleurs, il m'est impossible de te trouver une autre place ici. »

Simonsen garda le silence. Mossa prit la parole :

« Oui, Sigurd est lui aussi dans une situation subalterne… à un certain degré, s'entend… Il ne faut pas que tu l'oublies. La direction n'aimerait guère qu'il continue à importuner les correspondants de la maison pour leur demander de prendre son père comme employé. Voilà déjà trois fois qu'il le fait, d'ailleurs… et jamais tu n'es resté nulle part. Sache, pour ta gouverne, que Sigurd a eu de très sérieux désagréments après t'avoir introduit dans cette dernière place d'où l'on vient de te congédier…

– C'est exact, renchérit Sigurd. Non, comme je te le disais, père, ta place n'est pas ici. Et tu es trop vieux pour débuter dans une nouvelle entreprise. Aussi ne puis-je te venir en aide que d'une seule manière. Je peux t'avoir une place sous les ordres du régisseur à la scierie Mustad à Øymark, c'est un bon travail facile, le salaire n'est pas gros, soixante couronnes pour commencer, autant que je sache. Mais, je le répète, voilà la place que je suis à même de te procurer. Bref… c'est la seule manière dont je puisse t'aider », conclut-il.

Le père toussota un peu.

« Oui. C'est que, Sigurd… Je ne sais pas si tu en as entendu parler… je suis fiancé… avec cette dame, chez qui j'habite depuis six ans. Alors il faudrait bien, en quelque sorte, que j'en parle d'abord à Olga… Voir ce qu'elle en pense. Elle s'appelle Olga, précisa-t-il, Mme veuve Olga Martinsen. »

Il y eut une longue pause pénible. Simonsen tripotait les glands du fauteuil.

« C'est une personne sérieuse, convenable, une personne bien sous tous les rapports… et elle a un grand établissement de couture, très prospère, ici en ville… Alors la question se pose de savoir si ça lui plaira d'aller s'enterrer dans un trou de campagne. Son garçon a une place dans un bureau, ici en ville aussi.

– Est-ce cette dame (Sigurd parlait très lentement) avec qui… tu aurais un enfant… à ce que j'ai entendu dire.

– Nous avons une petite fille, oui… Svanhild… elle aura cinq ans au mois d'avril.

– Ah ! bien ! (C'était Mossa.) Ainsi tu as eu une fille avec la dame chez qui tu as pris pension… qui est une personne si convenable, une personne si bien sous tous les rapports.

– Oui, Olga est tout ça. Convenable, et bien… Et de plus, elle est active et travailleuse. Et gentille pardessus le marché.

– Alors c'est singulier, en somme, beau-père… (La voix de Mme Mossa s'était faite tout sucre et tout miel…) que tu ne te sois pas marié plus tôt avec cette admirable Mme Martinsen… Tu avais pourtant de bons motifs depuis longtemps.

– Eh bien, je vais te dire une chose, moi, ma chère Mossa, s'écria Simonsen (tout joyeux et tout fier à l'idée de ce qu'il venait de trouver). Je n'avais pas envie de voir ma femme trimer et s'éreinter comme ça… aussi j'attendais d'avoir trouvé une meilleure place.

Mais épouser Olga, je le lui ai promis à maintes et maintes reprises, et je tiendrai ma promesse, aussi vrai que je m'appelle Anton Simonsen.

– Oui-i… (Mossa devenait de plus en plus douce.) Soixante couronnes par mois, ce n'est pas précisément beaucoup pour se marier… vivre avec femme et enfant. Et Mme Olga ne peut guère s'attendre à pouvoir monter un établissement de couture d'une certaine importance là-haut à Øymark.

– Le pire de tout, père, c'est que tu aies cet enfant, dit Sigurd. Mais… on peut toujours amener Mme Martinsen à comprendre la situation… et alors on pourrait trouver un arrangement avec elle.

– Souviens-toi d'une chose, Sigurd… Svanhild, c'est ta petite sœur. Je ne veux pour rien au monde qu'elle soit malheureuse parce qu'elle est une enfant naturelle. Je trouve que tu prends une grande responsabilité, Sigurd, en te mêlant de cette affaire. »

Mossa lui coupa la parole… et cette fois il n'y avait plus l'ombre de douceur dans sa voix.

« Quand tu parles de responsabilité, beau-père…, envers *ton* enfant naturel…, je te trouve vraiment drôle. Sigurd s'offre à te procurer une place… pour la quatrième fois… à Øymark. Ici c'est impossible. Mais si tu estimes que tu ne peux pas quitter la ville à cause de tes affaires privées, libre à toi d'y rester. Si tu peux, *toi,* trouver une place qui te permette de te marier, ce n'est certainement pas *nous* qui nous en mêlerons. Mais, *il va de soi* que Sigurd ne peut pas te venir en aide d'une autre manière. S'il doit avoir une responsabilité, c'est avant tout envers sa femme et ses propres enfants, j'imagine. »

*

Ce fut équipée de son jupon de soie et caparaçonnée de sa nouvelle parure de fourrure que, le lendemain matin, Mme Mossa monta l'escalier de l'établissement de couture de Mme Martinsen au fond de la cour de Ruseløkkveien. Elle posa un index résolu sur le bouton de la sonnette, au-dessous de la carte de visite sale de Simonsen.

La dame qui lui ouvrit était petite, replète et brune. Elle avait de beaux yeux bleus dans un visage aux traits effacés, pâli par la vie sédentaire.

« Mme Martinsen… je suis Mme Carling… je désirerais vous parler. »

Non sans une certaine hésitation, Olga ouvrit la porte de la première chambre.

« S'il vous plaît. Vous m'excuserez, il n'y a pas de feu ici. Mais nous cousons dans les autres pièces. »

Mme Mossa entra toutes voiles dehors et s'assit dans l'unique fauteuil. La chambre était meublée comme le sont d'ordinaire les chambres garnies. Sur le napperon blanc de la commode étaient consciencieusement rangées les photographies de la défunte Mme Simonsen, de Sigurd et de Mossa elle-même – leur photographie de fiançailles – et de deux groupes de petits-enfants.

« Oui, chère madame Martinsen (Olga restait debout auprès de la commode et observait sa visiteuse…), il y a différentes choses dont j'aurais bien voulu vous entretenir… Ne voulez-vous pas vous asseoir ?

– Merci, j'ai fort peu de temps. Qu'est-ce que madame désire ?

– Bien… alors je ne veux pas vous retenir. Simonsen… le père de mon mari… aurait, d'après ce qu'il nous a donné à entendre hier… certaines obligations envers vous. Je ne sais s'il vous a mise au courant de sa situation.

– Qu'il doit prendre une place à Øymark ? Oui.

– Bon. Oh ! vous savez, c'est une toute petite situation. De sorte que pour le moment il ne sera pas en état de remplir ses obligations envers l'enfant qu'il a de vous. Aussi, mon mari et moi nous avions pensé à vous offrir…

– Merci bien… (Olga parlait vite.) Madame n'a pas à s'inquiéter de ces affaires-là. Nous nous sommes mis d'accord… mon fiancé et moi, nous sommes d'accord pour nous marier immédiatement.

– Parfait, madame Martinsen… Mais je me dois de vous faire remarquer une chose : du côté de mon mari, Simonsen ne peut compter sur aucune assistance… pas la moindre, car Sigurd a lui-même à assurer la vie de sa famille… Et pour Simonsen, vivre avec soixante couronnes par mois à quatre personnes… Car, en dehors de la petite fille qui serait de mon beau-père, vous avez encore un enfant…

– Mon garçon, il reste ici… J'ai une sœur rue de Trondhjem chez qui il demeurera. Et puis nous avions l'intention d'habiter à Fredriksstad et Simonsen viendrait le samedi, de sorte que je pourrais exploiter mon affaire de couture en ville.

– Bien. Oui... ça pourrait paraître tout à fait raisonnable. Seulement, voyez-vous, c'est qu'il y a déjà plus de couturières qu'il n'en faut à Fredriksstad... et le problème est de savoir si vous avez intérêt à abandonner votre maison de couture ici pour essayer d'en fonder une nouvelle là-bas, *mademoiselle* Martinsen. »

Olga eut un haut-le-corps.

« *Madame* Martinsen, reprit Mossa, je vous demande pardon. C'est vrai, c'est ainsi que vous vous faites appeler... Oui, mon mari et moi, nous avons fait procéder à une petite enquête. Cela ne peut pas vous surprendre que nous ayons eu envie de connaître le genre de personne entre les mains de qui mon beau-père était tombé. »

Olga souffla avec mépris :

« Oh ! c'est tout un pour moi, madame Simonsen... non excusez, madame Carling, veux-je dire. Mais le fait est que Simonsen trouve que je n'en suis pas moins bonne, parce que mon fiancé a filé en Amérique en me laissant le soin de pourvoir à mes besoins et à ceux de mon garçon, du mieux que je pourrais. Et il l'a promis, Simonsen, et il l'a dit maintes et maintes fois : “Moi je ne te tromperai pas, Olga.” Je trouve donc que ça devrait vous être égal à vous aussi, madame Carling. Ce n'est pas nous qui irons vous importuner et forcer votre porte... Et puisque votre mari n'a même pas conservé le nom de son père...

– Ma chère madame Martinsen (Mossa agita une main en l'air et étala tous ses doubles mentons), ne vous emportez pas, ma chère. Je ne songeais pas du tout à me mêler de vos affaires. Bien au contraire, je suis venue ici dans les meilleures intentions du monde. Je ne voulais rien d'autre que vous expliquer… si vous avez cru que Simonsen était un parti, eh bien, je dois vous l'avouer, je ne crois pas si vous l'épousez que vous obteniez d'autre avantage que le plaisir de pourvoir aux besoins, tant de lui que de l'enfant. Pensez un peu… mon cher beau-père n'a jamais été un homme d'ordre. Rien ne nous garantit qu'il ne sera pas congédié comme à l'habitude. Oui… croyez-vous que ce soit facile pour un homme de son âge… chargé de famille… de toujours courir derrière une nouvelle place…

Pour ma part, je suis venue ici en toute amitié vous faire une offre de la part de mon mari. Sans doute, vous vous êtes tirée d'affaire jusqu'à présent sans le secours d'un homme… bien ! Le chef de bureau vous offre une somme… cinq cents couronnes, avions-nous pensé… en compensation du préjudice que vous causera le départ subit de votre pensionnaire… sans conditions. Vous comprenez… à supposer que par la suite mon beau-père arrive à une position qui lui permette de se marier, nous ne nous en mêlerons pas. Comme vous l'avez très justement fait remarquer, cela ne nous regarde pas. Et en ce qui concerne votre petite fille… mon mari et moi sommes d'accord pour lui offrir un foyer chez nous.

– Jamais de la vie ! s'indigna Olga, prête à cracher le feu. Donner ma Svanhild ! Non, vous pouvez être sûre que je ne ferai pas ça.

– Bon, bon… Comme vous voudrez, bien entendu. Mon beau-père et vous, vous ferez naturellement comme vous voudrez. Si vous tenez à vous marier, avec soixante couronnes par mois… à abandonner votre gagne-pain ici et essayer de fonder une maison de couture à Fredriksstad, libre à vous. Vous pouvez y compter, ça ne marchera pas… Mais ce qui m'est complètement incompréhensible, c'est ce que vous voulez obtenir de Simonsen. Être mariée, grand Dieu !… Vous vous faites déjà appeler madame… Dans votre entourage, on ne vous tiendra certainement pas rigueur d'avoir eu une petite histoire avec un de vos pensionnaires. Que vous ayez pu vous commettre avec Simonsen…, excusez-moi vraiment de le dire, mais à mes yeux cela ne plaide pas en votre faveur… car à franchement parler, c'est un vieux cochon… »

Olga l'interrompit.

« Écoutez, vous pouvez tout aussi bien en rester là, madame Carling, mais je vais vous dire exactement ce que je veux d'Anton Simonsen. Il peut y avoir de petites choses à redire sur son compte, mais moi j'ai vite remarqué qu'au fond il est très bon. Il n'y en a déjà pas tant, des hommes, qui le soient. Il n'avait pas plutôt vu que je voulais lui faire un intérieur agréable et ordonné qu'il s'est attaché à moi, il est devenu gentil et convenable, et il l'aurait été plus tôt s'il avait été bien traité là d'où il venait, voilà mon opinion, à moi.

Oui, bon et reconnaissant, voilà comme il est, Anton. Et comme il aime Svanhild... ! C'en est de la folie, comme il aime cette petite... car il la pourrit de gâteries. Et je vais vous dire, madame Carling, je l'aime très fort, moi, Simonsen ! »

Mossa se leva et fourra le bout de ses doigts gantés dans les franges de dentelle de son manchon.

« Oh ! oh ! du moment que vous *aimez* Simonsen, c'est une autre affaire. »

Elle sortit, comme elle était entrée, toutes voiles dehors.

*

Il était certain que le chef de bureau Sigurd Carling avait une haute opinion de l'intelligence de sa femme. Il en avait si souvent entendu parler qu'il avait fini par y croire... Mlle Mossa Myhre lui avait « mis le pied à l'étrier » et fait de l'employé Carl Simonsen l'homme qu'il était maintenant. Mais il avait tout de même ses doutes : elle ne lui paraissait pas la personne rêvée pour obtenir un arrangement avec Mme Martinsen, car elle avait une manière très sévère de voir les choses. Or cette Olga avait eu deux enfants hors mariage... et Mossa pouvait être passablement tranchante et désagréable. Si bien qu'il eut soudain des regrets : c'était stupide de sa part de l'avoir laissée aller là-bas. Car il fallait de toute nécessité conclure un arrangement. Si le père venait s'installer dans la ville avec une femme et un enfant qu'il ne pouvait pas entretenir, on voyait, clair comme le jour, où cela aboutirait. On ne peut jamais être à l'abri de demandes de secours inopinées. Et puis tout le cortège d'autres ennuis que le père avait toujours traînés avec lui... Et pour couronner le tout les perpétuelles contrariétés avec Mossa...

L'affaire devait être réglée, et sur-le-champ, de telle sorte que le vieux n'ait pas le temps de leur jouer quelque tour. Sigurd était monté à la fabrique de machines Herkules, avait commandé deux nouvelles turbines et du même coup il avait, *en passant,* parlé un peu du père. Simonsen finirait son service la veille de Noël, de sorte qu'il pourrait revenir avec eux à la maison et passer les fêtes dans sa famille.

Là-dessus il se rendit lui-même chez Mme Martinsen.

Quand Simonsen rentra à la maison pour le dîner il trouva une Olga complètement éplorée : Carling était venu la trouver. Il s'était d'abord montré fort aimable, avait demandé à voir Svanhild, l'avait prise sur ses genoux, et lui avait promis un beau cadeau pour Noël. Après quoi, il avait causé avec elle. Ah, s'il n'y avait pas eu toutes ces dettes... Le loyer, et aussi chez les fournisseurs ici et là... Alors, elle avait accepté l'argent... Il lui avait aussi promis en outre quinze couronnes par mois pour Svanhild. C'était un petit fixe, et elle avait aussi Henry qui ne pourrait pas encore se tirer d'affaire tout seul avant un moment... Quinze couronnes par mois, avait-il dit, jusqu'à nouvel ordre... jusqu'à ce que mon père ait une situation indépendante et puisse se marier avec vous.

Assise sur les genoux de Simonsen, dans sa chambre froide, devant la commode avec les portraits de famille, Olga pleurait et il la caressait en l'écoutant.

« Je ne sais pas, Anton, comment j'aurais pu faire autrement, vois-tu… Si lui ne veut pas t'aider, alors il n'y a pas de remède. Et j'ai bien compris qu'il ne voudrait pas le faire d'une autre manière. Si eux sont contre nous, rien ne peut marcher pour nous à Fredriksstad, vois-tu. »

Elle se moucha et s'essuya les yeux. Et piqua une nouvelle crise de larmes.

« On est forcé d'accepter… d'accepter bien des choses, quand on est pauvre. »

*

Mais emmener Simonsen pour Noël… non, ça Sigurd et Mossa ne purent l'y décider. Ils tentèrent bien de l'allécher avec l'arbre de Noël et les petits-enfants, et l'oie, et la bière, et du fromage toutes les fêtes durant. Mais le vieux tint bon : il voulait passer Noël avec Olga et ses enfants. Tout ce qu'ils purent obtenir, c'est la promesse que Simonsen partirait le lendemain de Noël… Sigurd lui avait donné vingt-cinq couronnes comme cadeau. Et il valait mieux l'éloigner de la ville pour ne pas le laisser désœuvré avec de l'argent dans sa poche pendant les fêtes. Il était tout de même préférable que le vieux prenne ses « gouttes de Noël » chez eux… sous leur surveillance.

L'avant-veille de Noël, en rentrant le soir à la maison, Simonsen avait le traîneau sous le bras. Et il fredonnait en allumant la lampe dans sa chambre et en étalant ses emplettes : quelques bouteilles d'eau-de-vie, du punch, du cognac, et du porto doux à l'intention d'Olga... Un peu de bière par là-dessus, et ça ferait l'affaire ; une pipe pour Henry... elle ne coûtait guère que quelques øre, c'était surtout pour que le gamin voie qu'il avait pensé à lui... et puis c'était un cadeau masculin ; l'étoffe d'une blouse pour Olga n'avait coûté que 1,45 couronne, mais il avait ajouté une broche à 3,75 couronnes, qui, vraiment, avait plutôt l'air d'en valoir dix. Simonsen la sortit de sa boîte... Olga allait sûrement être contente. Ah ! oui, pour Abrahamsen aussi du reste, il voulait acheter une petite chose... en guise de souvenir. Rien qu'une toute petite chose... Il en trouverait bien le moyen.

Et puis le traîneau. Simonsen débarrassa le tapis de la table, déballa le traîneau et le mit en place.

« Hé ! Viens donc voir un peu ici, mon Olga, appela-t-il dans l'atelier.

– Qu'est-ce que c'est... je suis si occupée... »

Simonsen apporta la lampe sur la table.

« Que crois-tu que Svanhild va dire de ça, hein, mon Olga ?

– Oh ! Attention au vernis, Anton ! s'écria Olga, en mettant des journaux sous la lampe et sous le traîneau. Oui, il est beau... c'est un très joli traîneau.

– Viens voir ici ! (Simonsen défit les boucles du coussin pour permettre à Olga de voir les roses peintes.) Le coussin, je l'ai acheté à part, tu penses !

– Oh ! Il doit être rudement cher !

– Cinq couronnes et vingt-cinq øre, avec le coussin, dit Simonsen tout fier.

– Oui. C'est beaucoup d'argent à mettre dans une chose pareille, Anton. Elle est si petite qu'elle aurait aimé un traîneau même s'il n'avait pas été aussi magnifique. » Olga soupira.

« Bah !... puisque nous avons un peu d'argent comptant à notre disposition ! C'est si amusant d'être un peu large dans ses cadeaux, je trouve. Et du moment que tu es débarrassée de tes dettes... Et puis j'ai là quelque chose pour ma bonne amie à moi, ajouta-t-il en lui donnant une légère bourrade dans les côtes. Oh ! tiens, va donc nous chercher deux verres, Olga... J'ai acheté un peu de porto, il faut que tu goûtes si tu l'aimes : c'est surtout à ton intention que je l'ai pris, tu sais. »

Olga jeta un coup d'œil vers toutes les bouteilles alignées sur la commode. Elle soupira de nouveau légèrement. Puis elle alla chercher les verres.

La veille de Noël, la soirée était fort avancée lorsqu'on fut enfin prêt chez Mme Martinsen. Mais les choses s'organisèrent bien quand même. Henry fila livrer la dernière pièce de couture qu'on venait de terminer ; Olga et Abrahamsen empilèrent tout le reste sur les chaises et sur la table dans l'atelier. Et, avant de partir, Abrahamsen eut du café et des feuilletés, et reçut en cadeau de Simonsen une bouteille d'eau de Cologne.

Dans le salon, Olga rangea les journaux qui traînaient sur la table, les étoffes et les doublures qui couvraient les chaises et ramassa les épingles et les boutons dans les sébiles de verre sur la console de la glace. Puis elle alluma l'arbre de Noël qu'elle avait orné la nuit d'avant.

Svanhild, Henry et Simonsen firent alors leur entrée. Les grands s'installèrent sur les chaises de peluche tandis que Svanhild sautait et dansait en s'exclamant devant chaque bougie ; elle découvrit le traîneau et poussa un cri de joie, puis elle retourna en courant vers l'arbre. Dans son ravissement, elle ne savait où donner de la tête. Simonsen rayonnait et, ouf ! Olga souriait... bien que ses yeux fussent fâcheusement bordés de rouge... Simonsen les avait guettés plusieurs fois dans l'après-midi, ces yeux. Il n'aurait plus manqué qu'elle se mette à pleurer ce soir au moment où ils allaient avoir un peu d'agrément.

Il alla chercher ses cadeaux. Avec un petit sourire malin... car si elle trouvait sans doute que l'étoffe pour la blouse était peu de chose, eh bien, elle aurait aussi une bouteille d'eau de Cologne... Il avait cédé à son envie d'être généreux, une fois entré au bazar à cinquante øre où il cherchait un cadeau pour Abrahamsen... et il y avait encore une boîte à fil pour Olga et un petit étui à allumettes qui avait l'air d'être en argent pour Henry. Le garçon serra la main de Simonsen et posa la pipe et l'étui sur la tablette de la fenêtre, près de sa chaise... Puis ce fut le tour de la broche.

« Oui... tout ça, c'était comme qui dirait pour l'utile. Il faut bien que tu aies aussi une petite chose pour l'agréable, Olga. »

Olga prit la broche. Et ses yeux se mouillèrent.

« Ça fait beaucoup de cadeaux, tout ça, Anton. »

Simonsen eut un geste large :

« Tu penseras à moi quand tu la mettras, mon Olga.

– Sans faute, Anton.

– Et la boîte qui est venue ce soir pour Svanhild, tu l'oublies ! »

Olga alla chercher le paquet adressé à

« Petite demoiselle Svanhild
chez Mme Martinsen, couturière »

et l'ouvrit. Sur une carte de visite à l'intérieur, était inscrit « Joyeux Noël » de la part du chef de bureau Sigurd Carling. Et la boîte contenait une poupée… Mais quelle poupée, mes enfants !

Elle avait des cheveux blonds frisés et pouvait ouvrir et fermer les yeux. Elle était vêtue d'un manteau blanc avec une toque de fourrure blanche et un manchon, et puis elle avait deux petits patins accrochés à son bras. Ça, c'était le plus beau de tout : Svanhild en perdit littéralement la parole… tandis que Simonsen parlait pour deux ! Il était aussi enchanté que l'enfant de la poupée : « Oh ! celle-là, maman te la mettra de côté, ce n'est vraiment pas possible que tu joues avec celle-là, sauf le dimanche. Il est très bon, Sigurd, dit-il à Olga qui entrait avec les verres et le pot d'eau chaude, c'est comme je te le dis, Sigurd est très bon au fond ; c'est cette maudite commère qui le monte contre nous parce que lui, il est bon… »

Simonsen prépara son grog et Olga prit du porto. Assise sur les genoux de papa, Svanhild but aussi une petite goutte du vin doux dans un verre à elle.

« Il faut venir, toi aussi, Henry, te faire un grog, maintenant que te voilà un grand gars. »

Henry se leva sans empressement. Il n'accorda pas un regard à Simonsen. Petit et mince dans ses habits d'homme, il avait des yeux durs et clairs dans un visage pâle, semé de taches de rousseur.

« Alors, à votre santé à tous, reprit Simonsen. Je trouve que nous avons eu une soirée vraiment agréable, moi… Est-ce que nous ne sommes pas heureux comme ça, hein, Olga ?

– Oh si ! » Elle se mordit les lèvres. Les larmes lui montèrent aux yeux du même coup. « Si au moins on savait comment ce sera au prochain Noël, alors… »

Simonsen alluma son cigare. Il avait l'air embarrassé.

« Tu n'essaies pas ta pipe, Henry ? Tu trouveras du tabac sur ma commode, si tu en manques.

– Non, merci, répliqua Henry.

– Ah oui ! Le prochain Noël ! répéta Olga en luttant contre l'envie de pleurer.

– Ce n'est pas facile de savoir ce qu'on ne sait pas, dit Simonsen en se renversant sur le sofa. Il est bon, ce cigare. Bois donc, Olga. Peut-être bien que nous fêterons Noël tous ensemble à la campagne. Ils sont forts pour les fêtes à Øymark, à ce qu'on m'a dit. Tu te plairas sûrement bien à la campagne, toi, Olga, je crois. Et là-bas ça n'est pas difficile… Il n'y a qu'à ouvrir sa porte pour abattre un arbre de Noël. Qu'est-ce que tu dirais de ça, toi, Svanhild, d'aller avec ton papa dans la forêt pour abattre un arbre de Noël, et puis le rapporter à la maison sur ton traîneau ? »

Svanhild, rayonnante, approuva de la tête.

« Et Henry pourrait avoir un congé à son bureau et venir fêter Noël avec nous. »

Henry eut un petit sourire plein d'ironie.

« C'est ça qui serait amusant, Svanhild, d'aller à la gare chercher Henry au train. Est-ce que ça te plairait de demeurer à la campagne avec papa et maman dans une grande ferme, où il y aurait des vaches, et des chevaux, et des cochons, et des poules, et tout ? Et puis, le gentil Sigurd qui t'a donné ta poupée, il a une petite fille de ton âge, et un garçon qui est un brin plus grand, et un tout petit bébé… Tu pourrais aller à la ville jouer avec eux.

– Et moi aussi, intervint Olga, je descendrais à la ville et j'irais prendre le thé en société chez ta grande dame de belle-fille… C'est pas ton idée, Anton ?

– Oh ! je ne crois pas que ce serait nécessaire…

– Comment peux-tu dire des bêtises pareilles ! »

Olga se mit à rire… puis elle fondit en larmes.

« Voyons, Olga… c'est pour ça que tu pleures, mon amie… Pourquoi le prendre ainsi ?

– Et comment veux-tu que je le prenne ? Il faut peut-être que je sois contente… contente que ta grande dame de belle-fille m'ait jeté à la figure que j'avais été roulée par le père d'Henry, et que maintenant tu me quittes toi aussi. Contente que nous restions en plan avec notre honte, mes gosses et moi, mes gosses illégitimes. Tu trouves sans doute aussi, toi comme eux, que je suis tout juste bonne à m'éreinter à coudre pour toutes ces donzelles avec qui tu rigoles.

Comme si c'était agréable que tous les gens croient qu'ils peuvent tout se permettre avec moi. Oh oui, c'est bien fait pour moi, j'aurais dû savoir comment vous êtes… Quand vous avez obtenu d'une pauvre fille ce que vous voulez, alors adieu et merci bien, tu peux aller te rasseoir…

– Voyons, mon Olga !

– Oh ! ce n'est pas que je m'en fasse pour toi, grand Dieu non ! Tu peux t'en aller à la campagne, toi… Et puis tu peux te remettre à faire la fête, avec les filles, et la boisson, et toute la boue où tu te vautrais quand je t'ai ramassé. Ah, bon dieu ! j'ai été bien bonne et bien bête de te croire et de te laisser faire de moi tout ce que tu voulais.

– Voyons, Olga… pense un peu aux enfants.

– Ha ! Ha ! Ils en entendent bien d'autres, tu peux me croire, dans la cour et dans les escaliers. Alors, ils peuvent tout aussi bien l'entendre de ma bouche aussi.

– C'est soir de Noël, Olga, voyons… Il ne faut tout de même pas l'oublier », dit Simonsen avec dignité.

Olga pleurait en silence, la tête sur la table. Simonsen lui mit la main sur l'épaule.

« Voyons, Olga… tu le sais pourtant… tu sais pourtant bien que je t'aime. Et Svanhild donc… Crois-tu peut-être que j'oublie mon innocente enfant ? Tu peux être tranquille là-dessus, Olga. Ce n'est pas moi qui vais te rouler ni te tromper… et je tiendrai ce que je t'ai promis.

– Oh ! mon pauvre… (Olga se redressa et se moucha.) Ce n'est pas toi qui peux décider de ça, Anton.

– Il faut te rappeler une chose, Olga… » Simonsen lui passa un bras autour du cou et de l'autre entoura Svanhild, puis il se redressa et bomba le torse. « Il y a quelqu'un qui est plus grand que Sigurd et plus grand que Mossa, et qui décide de cette chose… et de notre sort à tous. »

… « Il me semble que nous devrions chanter un psaume de Noël », dit-il au bout d'un moment. Il but une gorgée de grog et s'éclaircit la voix. « *Je suis si heureux à chaque Noël*… On prend celui-là, Svanhild le connaît, je le sais. Chante, toi, ma Svanilla. »

Svanhild chantait joyeusement, Simonsen l'accompagnait en marmonnant, perdant le ton chaque fois qu'il s'élevait, mais le rattrapant à chaque nouvelle strophe. Au bout d'un moment, Olga se mit aussi de la partie d'une voix enrouée de larmes… Seul Henry ne se joignit pas au chœur.

Et, quand Olga sortit jeter un coup d'œil à la bouillie de gruau et au rôti de côtes de porc, Simonsen et Svanhild continuèrent à chanter. « *Her kommer dine armer smaa*[*] », gazouilla Svanhild.

« Mais non, ce n'est pas *"armer" smaa,* rectifia le père, ce n'est pas des bras… c'est *pauvres* petits, qu'il y a. *"Arme"*, c'est du style biblique ça, tu comprends. Ça veut dire malheureux petits… Ce n'est pas des bras comme ça. » Et il lui prit les bras et les chatouilla tout du long en remontant. Assise sur ses genoux, l'enfant gigotait et hurlait de joie.

* « *Voici venir tes petits bras », au lieu de* « Her kommer dine arme smaa » *: « Voici venir tes pauvres petits. »*

*

Et puis ce fut le dernier matin. Le réveil carillonna chez Olga, mais Simonsen resta au lit, à somnoler dans l'obscurité. Il faisait trop froid pour se lever. Et tout était si triste et si maussade. Dire qu'il allait falloir se lever et sortir, et s'en aller loin de tout ça.

Un si bon lit avec de la plume dessus et dessous ! Jamais il n'en avait eu un pareil dans aucun des endroits où il avait habité.

Olga ouvrit la porte et, à la lumière qui venait de sa chambre, elle déposa le plateau qu'elle portait. Puis elle alluma la lampe et mit le plateau sur l'édredon : c'étaient du café et des feuilletés.

« Il va falloir te dépêcher un brin, Anton.

– Ah oui ! Ça va ! »

Simonsen soupira. Il fit asseoir Olga sur le bord du lit et la caressa… la joue, et le bras et les seins, et les hanches… tout en buvant son café et en trempant ses gâteaux.

« Quel splendide café tu as fait aujourd'hui, mon Olga, tu ne veux pas en prendre une goutte avec moi, dis ?

– Oh non ! il faut que j'aille te préparer un peu de quoi déjeuner ! »

Simonsen se glissa hors du lit et s'habilla. Il fourra le reste de ses affaires dans sa valise. Puis il la ferma à clef ainsi que la malle. Et il entra chez Olga.

Il alla vers le lit où dormait Svanhild et demeura là un moment, les mains dans les poches de son pantalon, à la regarder. Ma Svanhild. Oui.

Il jeta aussi un coup d'œil dans l'atelier. Il y faisait une obscurité complète et un froid glacial. Henry était parti pour Nordmarka le matin de Noël avec quelques camarades. Simonsen hésita un moment… Dans le noir, il heurta l'arbre de Noël de Svanhild, ce qui fit cliqueter les petites boules de verre. Ah oui ! Qui sait si jamais il reviendrait ici.

Il retourna dans la chambre d'Olga. Comme il y faisait bon et tiède ! Le couvert était mis tout là-bas au bout de la longue table où Olga et Abrahamsen cousaient dans la journée, avec une nappe blanche, et du fromage et de la bière et de la goutte et tout ce qu'il faut. Et la lampe éclairait paisiblement la scène tout en se consumant avec un léger ronron. Un rayon de lumière tombait là-bas sur Svanhild qui dormait dans son petit lit avec ses jolis cheveux répandus sur l'oreiller. Sa toute petite fille chérie à lui.

Une odeur douce et tiède montait du lit d'Olga encore défait, avec un creux à la place où elle avait dormi. Ah ! comme il avait été heureux ici… avec elle, Olga… et Svanhild. Ses yeux s'emplirent de larmes. Il les laissa couler sans les essuyer… pour qu'Olga puisse les voir. Ses bajoues couperosées étaient toutes mouillées quand Olga revint :

« Il va falloir manger, dit-elle.

– Oui, il va falloir… Et Svanhild, dis, ne crois-tu pas que ça l'aurait amusée de nous accompagner au train, d'aller en traîneau ?

– J'y ai bien pensé, Anton, mais il fait si sombre et si froid dehors… Enfin, je pourrais peut-être la réveiller, elle prendra une petite goutte de café avec nous. »

Elle alla vers le lit et secoua doucement l'enfant.

« Svanhild, veux-tu te lever et prendre le café avec papa et maman ? »

Svanhild clignait les yeux, assise en chemise de nuit sur les genoux de Simonsen : le café la réveilla un peu, mais elle demeurait passablement silencieuse, abattue.

« Où est-ce que tu vas, papa ?

– À Fredriksstad, tu sais bien.

– Oui, mais, quand est-ce que tu reviendras, alors ?

– Oh ! Ce sera plutôt vous qui viendrez me voir les premières, je pense.

– Là-bas à la campagne, comme tu m'as raconté ?

– Mais oui, mais oui.

– Là, tu pourras me mener en traîneau, dis, papa… ou bien tu ne pourras pas ?

– Mais si, là-bas, je pourrai te mener en traîneau… Aussi vrai que je te le dis. »

La sonnette de l'entrée tinta. Olga alla voir…

Le traîneau était arrivé. Le gamin du cocher prit les bagages de Simonsen et sortit.

Simonsen embrassa Svanhild et se leva. Un instant, il demeura avec l'enfant dans ses bras. « Mais, tu sais, il faut être une petite fille bien sage, gentille et obéissante, Svanhild, pendant que papa n'est pas là !

– Oh ! oui », promit Svanhild.

Olga alla à la cuisine fermer le fourneau à gaz parce que Svanhild allait rester seule à la maison. Puis elle rentra et s'arrêta, la main sur la clef de la lampe.

« Allons, Anton… »

Simonsen embrassa Svanhild à gros baisers bruyants. Il la recoucha dans son lit et la couvrit bien.

« Allons, adieu, ma Svanhild. »

Olga éteignit. Ils sortirent. Dans l'entrée il l'entoura de ses bras, la serra contre lui. Et ils s'embrassèrent.

Ils demeurèrent silencieux tandis que le traîneau les emportait en cahotant dans l'obscurité du matin. Et ils ne trouvèrent rien à se dire, tandis qu'ils trottinaient côte à côte dans le hall de gare lugubre et froid. Mais Olga ne le quitta pas d'une semelle pendant qu'il prenait son billet et faisait enregistrer sa malle…

Elle se tenait derrière lui, petite, vêtue de noir, toute carrée dans l'épaisseur de son manteau d'hiver.

Puis ils entrèrent dans la salle d'attente et s'assirent, guettant l'horloge.

« Nous sommes tout de même en avance, dit Olga.

– Oh ! oui… Ça vaut mieux quand on part en voyage. C'est bien ennuyeux, Olga, de t'avoir fait lever si matin un jour de fête.

– Oh ! dit Olga. Nous ferions peut-être mieux d'aller sur le quai et de te chercher une place dans le train. »

Simonsen s'installa dans un compartiment pour fumeurs. Il se tint debout à la portière tandis qu'Olga restait sur le quai.

« Tu tâcheras d'être gentille et de m'écrire souvent, dis, Olga… de me donner de vos nouvelles.

– Oui… et toi aussi, Anton. »

On commençait à fermer les portières le long du train. Olga monta sur le marchepied et ils s'embrassèrent encore une fois.

« Oui… alors, bien des fois merci, mon Olga.

– Oui… et merci aussi, Anton. Et bon voyage ! »

La locomotive siffla, une secousse parcourut le train qui se mit à glisser lentement.

Olga et Simonsen sortirent leurs mouchoirs et se firent des signes d'adieu aussi longtemps qu'ils purent se voir.

Le train filait dans la première lueur blême du jour levant, devant les villas de Bækkelag… Nordstrand… Ljan. Çà et là il y avait de la lumière aux fenêtres. En contrebas de la ligne, on apercevait le fjord, gris de glace et parsemé d'îles noires.

Lugubre… Seul dans son compartiment, Simonsen suçait son cigare et regardait par la portière. Vinrent des fermes et des bois qui semblaient nager à la rencontre du train… des terres gris-brun avec des stries de neige blanche dans les sillons à la lisière des bois tout noirs.

Maintenant Olga est à la maison. Que fait-elle en ce moment, je me demande. Elle habille Svanhild peut-être. Elle va coudre aujourd'hui aussi, elle a parlé de ça. Alors Svanhild s'assiéra par terre auprès de la fenêtre et jouera à habiller sa poupée avec les tombées d'étoffe. Maintenant il n'y a plus de papa pour aller avec elle au parc du château et la faire glisser en traîneau.

La chambre tiède avec les deux lits blancs et chauds… et la lampe, les tissus et chiffons sur le parquet… Svanhild dans l'embrasure de la fenêtre… son enfant chérie !

Il la voit assise là, bien tranquille, avec ses petites affaires. Et de temps à autre, vient une demoiselle Hellum ou une autre demoiselle qui lui donne des bonbons. Oh ! son papa va rudement lui manquer, à Svanhild.

Ça n'est pas bien… Non, ça n'est pas bien. Un instant la lumière fut sur le point de jaillir dans son esprit, de lui montrer la tristesse de tout cela. Elle lui fit comme une brûlure dans le reste de cœur que la vie lui avait laissé.

« Ma Svanilla, oh, ma Svanilla ! » gémit-il. Mais il écarta ces pensées.

Cette petite enfant innocente. Elle qui était si gentille, si gentille… Pourquoi ne serait-elle pas heureuse ?

Il s'essuya les yeux. Il devait y avoir quelqu'un de plus grand qui décidait de ces choses. Oui, il fallait bien se consoler avec cette pensée qu'il devait y avoir quelqu'un de plus grand qui en décidait…

TABLE

L'ÂGE HEUREUX
de Sigrid Undset
a été achevé d'imprimer en juillet 2022
sur les presses de l'imprimerie Jelgavas Tipogrāfija.

Éditions Cambourakis
62, rue du Faubourg-Saint-Antoine
75012 Paris
www.cambourakis.com

Dépôt légal : août 2022.
ISBN : 978-2-36624-698-8
Imprimé en Lettonie.